さよなら、2%の私たち

丸井とまと

STARTS
スターツ出版株式会社

自分の笑った顔が嫌いだった。
どうしたらみんなみたいに、自然に笑えるんだろう。
鏡の前で笑顔の練習をしてみても、ぎこちない。
垂れ下がって細くなる目、鼻の形、歯並び。全部が変に見える。
自信がなくて、見られるのが嫌で、笑顔を手で隠す。
そうすることで、私は自分の心を守ってきた。
でも――。
「笑った顔、俺は好きだけど」
たったひとりの言葉が、優しく心を照らしてくれた。

ペアリング制度

全国の高校で実施されている協調性を育むための教育プログラム。学生たちを客観的、数値的に評価をするスクールアセスメントを行い、面談、アンケート、筆記試験を基に評価シートを作成し、男女かかわらず相性が最もよい者とペアリングされる。ペアの相手は一年ごとに変更となり、日直や課題などを共に行い、実施態度や各種課題の結果はスコアとして記録され、進学、就職に於《お》いて最も重要な指標となる。

ペアの相手は、特例を除いて一年間変えられない。

目次

さよなら、2%の私たち

一章　2%

「ペアの相手が決定しました」

ついにこの日が来てしまった。

高校に入学して二週間。テストや面談が終わり、いよいよペアが発表されるらしい。

高校生になるとペアリング制度という、クラス内で二人一組のペアを作る決まりがある。これから一年間、日直や課題など全てペアの相手と協力し合うそうだ。

「名前を呼ばれたら、紙を取りに来てください」

担任の三岳《みたけ》先生が一人ひとり名前を呼び、紙を配っていく。

どうか接しやすい相手でありますように。

できれば一度は話したことがある人か、仲のいい人がいい。机の下で祈るように指を組んで呼ばれるのを待つ。

「紺野八枝《こんのやえ》さん」

勢いよく立ち上がると、椅子の脚が床を引き摺《ず》る不快な音を立てた。

周囲の人がちらりと私を見やる。

やってしまった。もう少し静かに立てばよかった。こんなことで注目を浴びるのも嫌だし、こんなことを気にしてしまう自分も嫌でたまらない。

恥ずかしくて、俯《うつむ》きがちに早歩きで教卓の前まで行く。

先生から紙を受け取り、書いてある文字が見えないように伏せながら席に戻った。

裏返しにした紙を握りしめながら、短く息を吐く。

心臓の鼓動が速くなり、緊張が身体に走る。

私は、誰とペアになったんだろう。

ペアの相手は、相性で決まるらしい。

……だからきっと、大丈夫。私と相性がいい相手なんだから、性格も合うはず。

自分に言い聞かせるように、気持ちを落ち着かせてから、ゆっくりと紙を表にする。

【ペアリング番号二　沖浦一樹《おきうらいつき》　紺野八枝】

息を呑《の》んだ。

沖浦って……嘘《うそ》。まさかそんなはず……。

動揺しながら、紙に書いてある文字を何度も確認する。けれど間違いなく沖浦一樹と書いてあった。

廊下側の前から二番目の席に視線を向ける。

周囲の人たちと楽しげに談笑している赤茶の髪の男子——沖浦くん。肌は日に焼けていて、羨《うらや》ましいくらいにくっきりとした二重は目尻が上がっている。

物怖じしないタイプのようで、入学して間もないうちから他クラスの人たちとも親しくなって、あっというまに交友関係を広げていた。

私はクラスの人でさえ数名しか会話をしたことがない。

それに沖浦くんは授業で当てられても『わからない』とはっきり言える人で、私はわからないと答える勇気すら出ないタイプだ。

沖浦くんは自己紹介のときに、中学では水泳部だったと言っていた。だからきっと運動神経もいいはず。

私は運動が苦手なので、彼に関して考えつく限りのことを頭の中であげてみても、似ているところが見つからない。

「沖浦ー！　誰とペアになった？」

男子の大きな声が聞こえてきて、びくりと身体を震わせた。沖浦くんの周りに人が集まってきている。

「お前、声デカすぎ」

「だって気になんじゃん！　男子？　女子？」

「女子」

彼が一言答えるだけで、周囲の関心が集まるのを感じる。

「マジ？　誰！」

沖浦くんが私の名前を口にしたら、一気に無数の視線が向けられるはず。背中を丸めながら俯いた。

「いいじゃん、誰だって」

沖浦くんの返答は予想外で目を丸くする。けれど、すぐに不満げな声が聞こえてきた。

「だって気になるし。沖浦くん、誰とペアなの？　教えてよ」

明らかに沖浦くんに関心がある女の子なのは、関わりがない私でも会話を聞いただけで察する。やっぱり彼はクラスの女の子たちに人気があるみたいだ。

「俺が誰とペアでも関係なくね？」

冷たく突き放すような声音に背筋が凍る。ちらりと彼を横目で見ると、笑みを浮かべていた。周りにどう思われるかとか、あまり考えないタイプのようだ。

嫌な記憶が頭をよぎって、生唾《なまつば》を飲む。

「席に戻りなさい！」

先生から注意が飛んできた。けれど、男子たちは平然としていた。輪の中にいる沖浦くんを見ながら、じわりと汗が滲《にじ》んだ手を握りしめる。

どう考えても彼と私は違う。それなのにどうして私と沖浦くんがペアなのだろう。

それともペアは、性格や得意なことが似ているから選ばれるというわけではない？

悶々《もんもん》と考えていると、沖浦くんと目が合ってしまった。見ていたと思われるのが気まずくて、とっさに視線を逸《そ》らす。

……あからさますぎたかもしれない。

握りしめすぎて皺《しわ》くちゃになった紙にため息を漏らす。

一年間、沖浦くんとペアとしてやっていかなければいけないんだ。

クラスで人気のある沖浦くんとペアということは、もしも私が足を引っ張るようなことをしたら、彼の周りの人たちにも広まる可能性もある。冷ややかな目を向けられる想像をして、胃がキリキリと痛む。

「やーえ！　誰とペアになった？」

考え事をしているうちに、朝のホームルームが終わっていたみたいだ。

目の前の席に座っている有海《ゆうみ》が、振り返って私の机に頬杖《ほおづえ》をつく。有海はストレートの黒髪をポニーテールにしていて、前髪は綺麗《きれい》に眉上で切り揃《そろ》えられている。

いつも以上にテンションが高いので、嬉《うれ》しい人とペアになったのかもしれない。

「有海、声大きすぎー」

呆《あき》れたように笑いながら有海の隣に立ったのは、華やかな外見の咲羅沙《さらさ》。緩く巻かれた栗色の髪と、目尻まで少し長めに引かれたアイラインが印象的で大人っぽい。

「だってすごくない⁉　あのね、八枝！　私と咲羅沙がペアになったの！」

「え！　そうなの⁉」

驚きのあまり大きな声が出てしまう。

仲がいい友達同士で、ペアになるなんて羨ましい。

「でも私たちの相性がいいのって意外かも」

咲羅沙の発言に、有海は不満げに「ひどくない⁉」と反応する。

「だってさ、私と有海って別に似てないじゃん？　性格とか好みも全然違うし」

言われてみれば、ふたりは似ているわけではない。

有海は運動好きで、じっとしていることが苦手。咲羅沙は基本的になんでもそつなくこなす人で、特に本を読むことが好き。運動はできるけれど、あまり好きではないと言っていた。

でもなんだかんだ仲がよくて、ペアになったことに違和感はない。

「んー、たしかにそうだけどさ～」

「それに三十人くらいいるのに、有海と相性が一番いいってのは、驚いたなぁ」

「でも、ほら見て！　だってここに九十五％って書いてあるでしょ！　すごいよね！」

有海が見せてくれたのは、先ほど配られた用紙。

【ペアリング番号五　岡村《おかむら》咲羅沙　近藤《こんどう》有海】

そしてその下の段に、相性九十五％と記載されていた。

それなら私たちのは……？　先ほどは、すっかり見落としていた。

自分の手元にある紙を見てみると、そこに書いてあった相性は九十八％。

目を疑うような数字だった。

私と沖浦くんが、九十八%？　有海たちよりも相性がいいなんて信じられない。

「そういえば、八枝は誰とペアだったの？」

ふたりの好奇心に溢《あふ》れた眼差しが向けられて、私は周りの目を気にしながら小声で答えた。

「私は……沖浦くん」

有海も咲羅沙も、目をまんまるくした。再確認するように、咲羅沙が「沖浦？」と聞いてきて、私は頷《うなず》く。

そうだよね。予想外だよね、と自分でも納得する。

私自身もなにかの間違いなのではないかと、何度も読み直したほどだ。

「沖浦とペアってラッキーじゃん！　だってかっこいいし！　ペアってことは話す機会増えるし、相性もいいってことでしょ！」

有海が身を乗り出して、目を輝かせる。

「あー、ペア同士で付き合うって人も結構いるんだっけ」

「ペア制度はマッチングアプリなんて言われてるらしいよね〜！」

咲羅沙と有海の話を聞きながら私は、ぐっと本音を呑み込んだ。

できることならペアの相手を変えてほしい。沖浦くんがかっこよくても、私と相性がいいと診断されても、上手くやっていけるのか不安だった。

まだ一度も話したことがないし、沖浦くんもペアの相手が私でガッカリしているかも。

だけどふたりにそんなことを言ったら、場の空気が悪くなってしまいそうだ。

「数ヶ月後には、八枝と沖浦が付き合ってるかもよー！」

有海に笑いかけられて、私は無理矢理に口角を上げた。そして、目元を手で覆《おお》うようにして前髪をいじりながら、軽い口調で否定する。

「そんなことあるわけないよ〜」

お願い。チャイム、早く鳴って。

心の中で願っていると、予鈴が鳴る。

生徒たちが席に着き始めて、私たちの会話も自然と途切れた。

安堵《あんど》して、肩の力が抜けていく。

——ちゃんと笑えてたかな。変って思われなかったかな。

そんなことが気になって、有海と咲羅沙をちらりと見る。特になにも指摘されなかったから、大丈夫なはず。

頬杖をつくようにしながら、手のひらで頬に触れる。

私は、自分の笑った顔が嫌いだ。

そして、こんな笑顔を人に見られることが苦痛だった。何度鏡で見ても醜い顔に思えて、周りの子たちのように綺麗に笑えない。

笑顔を嫌いになったきっかけは、中学一年の冬。

このときの私は、席が近くなった人たちと親しくなって、放課後の教室でよく談笑するようになっていた。あるとき、不意にひとりの男子が指摘してきた。

『紺野って、笑うと狐《きつね》みたいだよな。目がこんな感じじゃん？』

最初はどう受け取るべきなのかわからなかった。

一緒に聞いていた友達が『ひどすぎ』と男子を叱り、男子が薄く笑ったのを見て、よくない意味ではないのだと悟り、胸がざわざわとした。

それからその男子が私のことを〝コン〟と呼ぶようになった。私の苗字の紺野と、狐の鳴き声の両方の意味があるという。

目が合うと、彼は自分の目を指先で細めてくる。それをされるたびに、真っ黒な嫌悪感が心に広がって、同時に羞恥《しゅうち》で逃げ出したくなった。

馬鹿にして真似しながら、私の反応を見て楽しんでいる。

狐に似ていると言われた笑顔を、家にいるときに確認してみるけれど、自分ではいまいちわからない。確かに笑うと目が細くなるけれど、それは誰だって同じはず。

それなのにどうして、私にだけ言ってくるんだろうと、学校へ行くのが嫌になるほど本気で悩んだ。

『ちょっと、いじりすぎ～！』

時々女の子たちが男子を注意するけれど、彼女たちも楽しんでいるのが伝わってきた。誰も本気で私が傷ついているとは思っていない。

このままだと、ずっとそのあだ名で呼ばれてしまう。

そう考えるだけで嫌気がさして、あるとき私は勇気を出して声を上げた。

『コンって呼ばないで』

すると、場が静まり返る。まるで時が止まったみたいだった。

その瞬間、自分が〝間違えた〟のだと痛感した。

ここは嫌がるんじゃなくて〝受け流す〟べきだったんだ。

夏休み前にクラスの女子で、彼と口喧嘩《くちげんか》をしてグループから外された子がいた。

理由は、髪型のことをからかってきたから。

私がこのメンバーと話すようになったのは三学期に席替えをしてからなので、そこまで詳しいことは知らないけれど、ひとりの子が『髪型をちょっとからかわれただけで、あんなに怒るのありえない』と話していたのを、少し前に聞いたばかりだった。

だけど自分の身に降りかかると、からかわれて怒った子の気持ちが理解できる気がする。きっとあの子は、笑われて傷ついたんだ。

でも、誰も本気で貶《けな》す気なんてない。からかう人にとって、これはただのお遊びで、彼らからしてみたら傷ついている私が大袈裟なのだ。

『いいじゃん、コンってかわいくない？』

ひとりの子が、にっこりと微笑《ほほえ》む。

彼女はクラスの中心で、たまたま私は席が近くて仲よくなった。だけどもしも不満を抱かれるようなことをしたら、グループから抜けたあの子のように私も陰口を叩かれるに違いない。

私は無理矢理口角を上げた。そして、前髪を触りながら片方の目を隠す。

『言われてみたらそうかも！　紺野だし、コンでちょうどいいかな〜』

傷ついていないフリをして、明るい声で返した。

そう答えることで、場の空気が少し和らいでいく。

火傷《やけど》を負ったみたいに、胸がヒリヒリと痛んで、頬の内側をきつく噛《か》む。

ダメ、笑わないと。

なんでもないように目を細めて、口角を上げて、涙を呑んだ。

私、本当馬鹿だな。なんで笑ってごまかすことしかできないんだろう。そう思う反面、これが正解だと言い聞かせている自分もいる。

穏便に済ませないと。そうじゃないと、空気の読めない人だと裏で言われてしまう。そしたら噂なんて一気に広まるはず。クラスの中心的な子たちに嫌われたら、今まで仲がよかったグループの子たちからも、距離を置かれるかもしれない。それくらい彼らには影響力がある。

教室の隅っこでひとりになった自分を想像して、ぞっとする。誰にも声をかけられなくなったら、学校に来る勇気がなくなりそうだった。

そうして、私は自分の言葉でも心を刺してきたのだ。

狐が嫌いなわけじゃない。だけど、笑うと目が細くなった顔をいじられるのが嫌でたまらない。

『コンの笑った顔、変じゃね？』

からかわれることに耐える日々を過ごしていると、そんな指摘をされた。私の笑った顔が狐のようだと言った男子だった。

『口も曲がってるし、ほらこんな感じ』

私の真似をしているのか、右側の口角だけ上げて、目を細めている。そんな彼を見た周りの人たちが、声を上げて笑う。

狐に似ていると言われ、コンと呼ばれるようになって、私は笑うのがぎこちなくなったみたいだった。

目の前で鏡のように私の真似をする男子を見ながら、耐えるように頬の内側を噛む。じくじくと、心に負った火傷が広がっていく。

私、こんな顔をして笑っているんだ。

記憶から消し去りたいほど醜い表情だった。

それから笑うのが怖くなり、手で目や口を隠さないと笑えなくなった。

だけど、漠然とした不安が襲いかかる。

この先も顔を隠しながら、私は笑い続けるのだろうか。

悩んだ末、お姉ちゃんに笑うのが怖くなったことを相談した。

『そんなの気にする必要なくない？　勝手に言わせておけばいいじゃん。反応するから面白《おもしろ》がるんだよ』

気にしない方がいい。お姉ちゃんの言う通りだと思う。でも、頭ではそう思っても簡単には割り切れなかった。

たったそれだけで笑えなくなるなんて、他人にとってはくだらないことなのかもしれない。それでも一度心に負った傷がなかなか消えてくれなくて、時が経《た》っても私を苦しめ続けている。


「ペアの最初の課題が、自画像とか最悪なんだけどー。これなんの役に立つの？」

廊下を歩きながら、有海が嫌そうにため息をついた。

翌日からペアリング制度が本格的に始まり、美術室で私たちのクラスは自画像を描くことになった。描き終わったら、ペアの人に渡して評価表を書いてもらうのだ。

「客観的に自分のことを見ているかだってさ。さっき先生が言ってたでしょ」

「咲羅沙は絵、得意そ〜」

「まあまあ得意かな。有海は苦手そうだよね」

「すんっごい苦手！」

ふたりの会話を斜め後ろの位置で聞いていると、咲羅沙が振り向いた。

「八枝は？」

どう返すべきか迷う。絵を描くのは好きだけど、自信を持って得意だと言えない。中学のときも美術の評価は平均だったし、それに自画像を上手く描ける気がしなかった。

「普通、かな？」

苦笑しながら、右手で前髪を触った。

違和感なく笑えているか時々怖くなる。変な笑い方だって、有海や咲羅沙に思われたくない。どうして私はこんな顔なんだろう。

「えー、普通とか言って八枝も上手そう〜。絶対私が一番下手じゃん！」

有海の言葉に咲羅沙が笑う。あんなふうにかわいく笑いたい。そしたら周りの目を気にせずに笑えるのに。

二階にある美術室の中に入ると、黒板には座席が書かれていた。その上に数字が書いてある。

「これペア番号っぽいね」

「うちら、真ん中の一番前じゃん！　先生と近くて最悪！」

「うわ、本当だ。喋《しゃべ》りづらそう」

私は二番なので、廊下側の二列目だった。咲羅沙たちとそこまで離れてはいないけれど、ペアごとに座るというのが私にとっては、気が重い。

「じゃあ、八枝。また後でね」

「うん」

微笑みを浮かべて、すぐに前髪に触れる。

ふたりはペアでいいな。そんなことを考えながら、私は指定された席に座った。

机の上には、鏡と画用紙、鉛筆、評価表が置かれている。

沖浦くんは仲のいい人たちと喋っていて、こちらに来そうもない。そのことにほっとしながらも、私は鏡をセットして、鉛筆を手に取る。

気が進まない。自分の顔なんて見ながら絵を描きたくない。

だけどこれが評価に繋《つな》がるから、適当にやるわけにもいかなかった。

「静かに。自分の席に着きなさい」

美術の先生が入ってくると、談笑していた人たちが席に着く。私のすぐ横の椅子が動く音がして、ちらりと見やると、沖浦くんが座って頬杖をついた。

私とペアになったこと、沖浦くんは不満を抱いていそうで、声をかける勇気が出ない。

「それでは机に置いてある鏡と、画用紙を使って自画像を描き進めてください。表現の仕方は自由です。完成したらペアの相手と交換して、評価表を書いて提出するように」

自由と言われるのが、私は少し苦痛だった。だって自由と言っても、結局は大人が決めたルールの上にいないといけない。自分の顔を鏡に映る通りに描きたくないからと、変えてしまえばそれは減点になるはず。

けれどなにもしないわけにはいかず、私は真っ白な画用紙に鉛筆を走らせていく。

まずは輪郭《りんかく》。そして髪を一本一本描いた。だけどそこから先が描けない。

顔のパーツを鏡で観察するのが嫌で、髪をひたすら描き込む。

鏡に映る自分の方が、人はよく見えるというけれど、私にとっては写真も鏡も大差なかった。

目頭の形とか、奥二重のライン、口の大きさ。見ているだけで気分が沈む。

「紺野、どこまで進んだ？」

隣から声をかけられて、びくりと肩を震わせる。沖浦くんに話しかけられるとは、思ってもいなかった。

だけど勝手な苦手意識のせいで、目を合わせることができない。失言をしたり、印象が悪くなったりしたら、どうしよう。これから一年、平穏に過ごすためにも、当たり障りなく答えないといけない。

「え、あ……」

喉が潰れたように、声が上手く出なかった。

クラスメイトとはいえ、話したこともなく、目立つ沖浦くんのことを一方的に私が知っているようなものだ。馴れ馴れしくしすぎない方がいい。だけど、反応が薄いとつまらないやつだと思われるかもしれない。

彼とどんなふうに話したらいいのかわからず、焦りが芽生えていく。

早くなにか答えないと。

「ざっくり描いてみたけど、バランスよく描くのむずくね？」

「……うん、そうだね」

俯きがちに左手で前髪に触れる。そして右手をずらして、自画像の真っ白な顔を隠した。

「え、すげぇ描けてんじゃん」

視線を落とし、私の画用紙を見た沖浦くんが驚いたように指さす。

「見せて」

沖浦くんが、私の画用紙に手を伸ばそうとした。その瞬間、中学のときの嫌な笑い声が脳裏をよぎり、手でくしゃりと画用紙を握る。

もしも沖浦くんに渡したら、他の人にも見せられるかもしれない。それに変な絵だって笑われるかも。

中学のとき、私の笑顔をからかってきた男子もそうだった。私の書いた作文を取り上げて、周りに回して、声を上げて笑っていた。

こんなこと考えるべきじゃない。あの人と沖浦くんは別人で、勝手に私が妄想して重ねているだけ。……でも見られたくない。

「なんでくしゃくしゃにすんの」

なにも答えられなかった。深い理由があるというより、感情に身を任せるように、私は手で画用紙を握っていた。

「そんなに見られたくないわけ？」

どこか戸惑ったような、けれど呆れたようにも受け取れる沖浦くんの声。

「ご、ごめん……まだ、完成してないから！」

やっとの思いで答えたけれど、「ふーん」とそっけなく返されてしまった。不快にさせただろうか。

……気にせず渡すべきだったかな。

だけど、こんな絵を見られて、なにか言われるのが怖かった。なんで顔を描いてないのかと聞かれたら、上手く答えられる自信がない。

沖浦くんは、どことなく中学の頃に私をからかっていた男子に目が似ている。たったそれだけのことだけど、私にとってはそれが過去の嫌な出来事を思い出させて、苦手意識が生まれてしまう。

こんな態度をとってしまってごめんなさい。

心の中で謝りながら、鉛筆を握りしめる。

「沖浦〜、高田《たかだ》の自画像マジウケる！」

沖浦くんは男子たちに呼ばれて席を立った。彼が離れていったことに胸を撫《な》で下ろす。

これからペアとして一緒にやっていくのに、こんな調子で大丈夫だろうか。

それに実際関わってみると、やっぱり私たちは合わないなと痛感する。どのあたりが九十八％も合っているんだろう。

「なんだよそれ、漫画じゃん！」

「目、デカすぎだろ！」

窓側の席に集まっている男子たちが笑いだす。それを見た先生が、苛立《いらだ》ったように立ち上がり、注意をしに行った。

「席に着いてちゃんと描きなさい！」

「だって先生、これ見て」

気難しそうな先生が、沖浦くんに絵を見せられると、表情を緩めて噴き出す。

「もう！　真面目に描かないとダメでしょう！」

注意をしながらも先生は笑っていた。

顔を隠すことなく、自然体で笑っている彼らが羨ましい。

どうしたらあんなふうに笑えるんだろう。

目の前にある鏡を見ながら、口角を上げてみる。だけど笑顔の練習をしてみても、ぎこちなくて、変な顔だなって思う。

垂れ下がって細くなる目とか、鼻の形や、歯並び。全部が不格好に見える。それが苦痛で、私は鏡を裏返した。

皺のついた紙を手のひらで伸ばす。そこに描かれた自分の輪郭は歪《いびつ》になっていて耐えきれず目を逸らす。

結局、授業が終わるまでに、私は自分の顔を描けなかった。

その日の夜、仕上げられなかった自画像の制作に取りかかることにした。

一度自分で皺くちゃにしてしまった画用紙を手で伸ばしてみるけれど、少し跡がついてしまっている。もしもあとで先生になにか言われたら、持って帰るときに鞄《かばん》の中で潰れてしまったと言おう。

机の上に手鏡を置き、じっと顔を観察する。無表情で顔色も悪い。こんな顔、描きたくない。だけど描かなければ、ペアの沖浦くんにまで迷惑がかかる。

無表情よりも微笑んでいる方がいいかもしれないと思い、ニッと口角を上げて笑顔を作ってみた。

……気味の悪い笑顔。やっぱり無表情の方がマシだ。

ため息をつき、鉛筆を動かしていく。

どうしてみんなみたく笑えないんだろう。有海は笑うと八重歯が見えて無邪気でかわいくて、咲羅沙は普段は大人っぽいのに笑うと幼くなって親しみやすさを感じる。

私もあんなふうに笑いたい。

『変な顔』

「……っ」

まただ。思い出したくないのに、頭によぎってしまう。

鉛筆を手放して、両手で顔を覆う。

変な顔なのは、私が一番知ってるよ。だけどきっと、言った本人は自分の言葉がどれほど私の心を抉《えぐ》っていたのか、気づきもしなかったはず。

――カラン、と音が聞こえて我に返った。

鉛筆が転がったようで、机の上の小さな花瓶にぶつかったみたいだ。

生花店で働いているお母さんが、よく花を買ってきてくれる。それを一輪挿し用の花瓶に生けて飾り、ノートに模写するのが私の趣味になっていた。

今月は桜の切り枝。少し開花が遅めで、ちょうど今、薄紅色の花が開いて満開だ。

自画像じゃなくて、花ならすぐに描けるのに。

画用紙をひっくり返して、下の方に桜の花を描く。

消そうかと思ったけれど、裏側に小さく描いただけだからバレなさそう。

絵と本物を見比べて、口角が上がる。上手く描けた。

けれど、自分が笑ったことに気づき、とっさに前髪を触りながら目元を隠す。

誰にも見られていないのに、こんなに気にしてしまうなんて馬鹿みたいだ。

翌朝、教室では描いた自画像を見せ合って盛り上がっていた。

「お前、これ美化しすぎだろ！」

「顎尖《とが》りすぎじゃない!?」

誰が似てるとか、パーツがおかしいとか、笑いながら話している。自分の絵を見せたくない私にとって、オープンに見せ合っていることに驚きを隠せない。

「八枝、見て！　咲羅沙の絵！」

有海が私の机に画用紙を置いた。そこには微笑んでいる咲羅沙が描かれている。

「咲羅沙にそっくり！」

顔の輪郭やパーツの描き方が丁寧で、全体的にバランスがいい。絵が得意だと咲羅沙が言っていた通りだった。

「こっちが有海の」

「あ、ちょっと！　見せないでよー！」

咲羅沙の絵の上に置かれたのは、有海の自画像。本物の有海よりも顔のパーツが大きくて、鉛筆の線も濃い。

「弟たちに昨日の夜見られて、散々笑われたんだよねー！　私ほんっと絵苦手！」

「……だけど有海の絵、力強さと明るい雰囲気があるね」

ぽつりと呟《つぶや》くように言うと、会話が止まってしまった。

「ご、ごめん！」

変なことを言ってしまったかもしれない。慌てて謝ると、有海の手が私の頬に伸びてきて、ぐにっと潰された。

「八枝〜！」

「え？」

目の前の有海はニコニコとしていて、たぶん気に障ったわけではないだろう。

「私の評価するの八枝だったらいいのにー！　咲羅沙なんてダメ出しめちゃくちゃ書いてた！」

「ペアは私なんだから仕方ないでしょ」

咲羅沙はむっとした表情で、有海を睨《にら》む。まずい、咲羅沙の機嫌を損ねちゃったかもしれない。

なにか言わなくちゃ。そう考えているうちに、会話がどんどん進んでいく。

「ね、咲羅沙これ持って！」

「えー！」

「いいから！　写真撮るね！」

自画像を持った咲羅沙を有海がスマホで撮影する。先ほどまで不機嫌そうだった咲羅沙の表情が緩んでいて安堵した。

いつも私は頭の中でぐるぐると考えて、数歩遅れてしまう。ふたりが楽しげに会話をする横で、言葉を探しても適切なものが見つかる前に話題が変わっていく。

「次、有海ね！」

今度は咲羅沙がスマホを構えると、有海が「八枝も写ろ！」と笑いかけてくる。

「え、うん！」

自画像の紙を持ってピースする有海の後ろで、私は隠れるように身を屈《かが》めた。

「ちょ、八枝隠れちゃうって！　もっと右！」

咲羅沙に指摘されて、身体を右に傾ける。そして左手でピースを頰に重ねるように作って、人差し指が目にかかるようにする。これなら顔の一部が隠れるはず。

写真に写るのは苦手だ。大抵笑顔で写らないといけないし、記録として残ってしまう。だけどももしも私がそれをふたりに伝えたら、空気を悪くしてしまう。

「八枝、いつもこのピースだよね！」

スマホに写った画像を見た有海が、真似るように片方の目をピースで隠した。

触れられたくなかったけれど、有海には特に意図はないはず。適当にごまかして乗り切るしかない。

「そうかも！　癖《くせ》かな？」

わざと軽い口調で言うと、「なにそれー！」と有海が笑う。

「八枝の顔、写んないじゃーん！　ほら！」

有海が私のポーズの真似をしながら、自撮りをする。

「やだ、真似しないでよー！」

笑いながら、前髪をいじる。いじられたら明るく返す。中学の頃から、そうすることで輪の中から弾かれずにいられた。

本当は真似なんてされたくない。笑われたくないし、笑いたくない。

だけど、誰かの言葉が心に残るような棘《とげ》だとしても、痛くないフリをしてしまう。

自分のコンプレックスを知られるのが怖いし、みんなと上手くやりたい。

だけど、平気なフリをして明るく返すたびに、私の本音が心の奥に蓄積されていく。

冷たくて暗い空間の中でもがいて、必死になんとか呼吸ができているような感覚だった。

「そういえば、八枝は自画像、描けた？」

咲羅沙の発言に、どきりとした。

「私は……」

一応、昨夜完成はさせた。だけど見せられるような完成度とは言い難い。自分の顔を見ているのが苦痛で、出来上がった自画像は陰鬱《いんうつ》とした表情をしている自分だった。

答えに迷っていると、「紺野」と背後から名前を呼ばれた。

振り返ると、画用紙を持った沖浦くんがいた。

「評価表書かねぇといけないから」

「あ……うん」

自画像を交換しようという意味だ。渡すことに抵抗があるけれど、評価に繋がるため拒否はできない。

丸めて輪ゴムでとめていた皺くちゃな画用紙を、沖浦くんに渡す。彼は自分の画用紙をひっくり返すことなく、私に見せるように手渡してきた。

こういうところから自分との違いを感じる。私たちはどういう基準で、相性がいいという結果になったのだろう。

「え、沖浦、ボールペンで描いたの?」

私が受け取った画用紙を覗《のぞ》き込んだ有海が、驚いた声を上げる。

それを聞いて、私もすぐに手元に視線を落とす。

有海の言う通り、鉛筆ではなく、ボールペンで描かれていた。

「別に鉛筆で描けって決まりなかっただろ」

「えー、そうだけどさ!　失敗したら描き直せないじゃん!」

「俺は描き直しとかしねぇし」

「なにそれ、かっこよ!　私も色とか塗ればよかった。もっと自由に描きたかったんだけど!」

何度も描き直して、紙が薄く汚れた私の自画像とは全く違う。沖浦くんの自画像の線からは迷いを感じさせない。彼の性格が表れているように見える。

それに私はボールペンで描くなんて、思いつきもしなかった。

与えられた鉛筆で描かなければいけないと、決めつけていたのだ。沖浦くんみたいな発想をする人、このクラスにはなかなかいない気がする。

「私と有海の性格って似てないけどさ、沖浦と八枝も結構違うよね。どっちかっていうと、有海と沖浦の性格の方が近くない？」

咲羅沙に『そうだね』と返そうとしたときだった。

「自分と似てるからって相性がいいわけじゃねぇだろ」

沖浦くんがはっきりと言い放つ。

一瞬目を丸くした咲羅沙は、すぐに口角を上げた。

「まあ、そうかも。なんだかんだいっても私と有海も仲いいし」

「え、なんだかんだってなに！　普通に仲いいじゃん！」

笑い合っている有海と咲羅沙に合わせるように私も笑みを貼り付けながら、前髪に手を持っていく。すると不意に沖浦くんと視線が交わった。

彼の目は笑っていなくて、射貫くような真っ直ぐな眼差し。私が合わせて笑っていることを見抜かれている気がして、逃げるように目を逸らした。

今日の朝のホームルームは、静かだった。評価表をこの時間に書いて、提出した順に休憩していいそうだ。だからか、みんな真剣に書いていた。

机の上に沖浦くんの自画像と、評価表を並べて考える。

評価表といっても、技術面などに点数をつけるわけではない。黒い枠の中に、見て感じたことなどを書くことになっている。

ただし、適当な感想を書くと減点されるらしい。

沖浦くんが描いた自画像は、正直あまり似ていない。全体のバランスが取れていないように見える。だけど、見入ってしまうような魅力があった。

あ……そうだ。目だ。瞳に映った光が描き込まれていて、まつ毛の動きもよく観察して描いているように思えた。

吸い込まれるような綺麗な目。ここは沖浦くんとよく似ている。

【目が綺麗で、光の描き込みが丁寧です。まつ毛も繊細でリアルに見えます。この自画像は目から描かれたのかなと思いました。全体のバランスというより、パーツ一つひとつに力を入れていて、意志の強さを感じさせる自画像です】

沖浦くんの自画像への評価を書き終えて、私は教卓にいる先生に提出した。

教室を見渡すと、半分以上の生徒は終わっているようだった。

沖浦くんの姿を探してみたけれど、どこにもいなかった。早くに終わって教室から出ていったのだろうか。

なんて書いたんだろう。私の上手いとも下手とも言えない自画像に、沖浦くんがどんな評価をしたのかが気になる。だけど知るのは怖い。知れば今以上に接しにくくなるかもしれない。

投げ出すように思考することをやめて、私は窓側の後ろの方で喋っている咲羅沙と有海のもとへ向かう。

「ねえ、八枝！　とばっちりすぎない？」

私に気づくと、有海が苛立ったような声を上げる。

「どうしたの？」

「沖浦、サボりだって！」

「え？　でもさっきいたよね？」

今朝自画像の紙を交換したばかりだ。それなのにサボりとはどういう意味だろう。

「評価表提出した後、鞄抱えて出ていったみたい！」

「用事ができたとか言って、無断で早退したっぽいよ」

有海の話に咲羅沙が詳しく補足してくれる。ペアリング制度では、どちらかがサボると連帯責任になってしまう。

「八枝なんも悪いことしてないのに、罰則じゃん」

罰則という言葉に、ひやりとする。

いったいどんなものなのか、入学したばかりの私たちはまだ聞かされていない。

沖浦くんは、どうして朝のホームルームが終わったばかりなのに帰ったんだろう。

だけど私は沖浦くんの連絡先も知らないので、聞くことも呼び戻すこともできない。

それにもうすぐ一限目が始まるので、連絡を入れたとしても、間に合わないはず。

罰則回避は不可能だ。

「最悪なやつとペアになっちゃったね」

同情するように咲羅沙が私の肩を軽く叩《たた》く。

「でも、サボるならどうして朝のホームルームだけ出たんだろう」

なにかあったのだろうか。それで課題だけ提出するために登校したとか？

そんな私の言葉を聞いた咲羅沙が「実はさ」と言いづらそうに口を開く。

「沖浦の彼女が体調不良らしくて、それで看病するために早退したって男子たちが話してたんだよね」

「え……」

「それで早退ってないよね。八枝とばっちりだし」

彼女が心配だったのかもしれないけれど、それなら一言くらいほしかった。不満を抱きながらも、私は沖浦くんに面と向かって言う勇気もない。

「そうだ！　聞いた？」

私と有海を手招きして、咲羅沙が声のトーンを落とす。

「草壁《くさかべ》さんと石上《いしがみ》って付き合い始めたんだって」

草壁さんは目鼻立ちがはっきりとした美人で、クラス委員。そして石上くんは爽《さわ》やかな雰囲気の男の子。お似合いのふたりだなぁと思っていると、有海が眉間に皺を寄せた。

「石上って彼女いるって言ってなかったっけ」

「それがさ～、なんか色々あったっぽいよ。草壁さんが奪ったとか」

「うわぁ、マジかー」

クラスの噂《うわさ》話に疎《うと》い私は、初めて聞く内容ばかりだった。返す言葉が思い浮かばなくて、話題に上手く乗れない。

それよりも罰則のことばかり考えてしまって、気が重かった。

翌日、私と沖浦くんに科された罰則は、教室内の掃除をすることだった。

思ったよりも軽いもので安堵したものの、放課後に沖浦くんとふたりきりなのは少し気まずい。

「俺は窓側やる。廊下側、頼んでいい？」

「うん」

掃除がしやすいように椅子を机にのせてから、教室の後ろ側に移動させていく。

沖浦くんとの共通の話題が思い浮かばず、沈黙が流れる。

早く終わらせて帰ろう。じゃないと息が詰まりそうだ。

「ごめん」

聞こえてきた声に、私は手を止める。振り返ると、沖浦くんが真剣な表情で私を見つめていた。

「俺のせいで紺野まで巻き込んだ」

「大丈夫だよ」

気にしてないからと、へらりと笑う。そしてすぐに顔を隠すように前髪に触れる。

「課題さえ提出すれば大丈夫だと勘違いしてて。俺がサボったら紺野にまで迷惑かけるってわかってなかった」

「……そうだったんだ」

「こんなの言い訳だってわかってるけど、ごめん」

沖浦くんが嘘をついているようには思えなくて、私はすぐに頷く。

「本当に大丈夫だよ」

罰則について誤解していたのだとわかり、ほっとする。連帯責任をどうでもいいと思っていたわけではなさそうなので、きっと今後サボることはないはず。

「早く終わらせちゃおう」

あまり沖浦くんが気に病まないように、私はなるべく明るい口調で話す。前髪をいじりながら、口角を上げた。先ほどよりも気が楽だ。

掃除はすぐに終わるかと思ったけれど、案外時間がかかった。教室には西日が差し込んでいて、オレンジ色に染まっている。

「なんか違う場所みたいだな」

ぽつりと沖浦くんが呟く。

燃えるように色づいた教室。開いた窓から熱をはらんだ風が吹き抜けると、日に焼けたカーテンが揺れた。

ふわりとミントの香りがする。

「食う？」

目の前に差し出されたのは、タブレットの小さな箱。口直しとかに食べるお菓子だ。私は今まで一度も食べたことがなかった。清涼感がありそうなイメージだけど、どんな味なんだろう。

「ありがとう」

好奇心からそれを一粒もらって、口の中に放り込む。

「けほっ！」

清涼感どころじゃない。喉と鼻の奥を突き抜けていくような冷たい刺激に、思わず咳《せ》き込んだ。

「え、大丈夫？　こういうの苦手だった？」

「は……っ、初めて食べて、びっくりして……口の中、スースーする」

目に涙が浮かんできた。これは想像以上の刺激物だ。もっとほんのりとミントの味がするくらいだと思っていた。

「悪い、先にちゃんと言っとくべきだったな。でもそんな驚くとは思わなかった。……ははっ」

視線を上げると、沖浦くんは無邪気に声を上げながら笑った。その笑顔に私は釘《くぎ》づけになる。

……今の沖浦くんは接しやすいかも。

友達と笑いながら話しているのは何度か見たことがあったけれど、そのときの表情とは少し印象が違う。あどけなくて、親しみやすさを感じる。

普段は人の笑顔を見ると、羨ましいなって思っていた。だけど沖浦くんの笑顔を見ていると、羨ましいというよりも、もっと別の温かな感情が込み上げてくる。

目が離せなくて、心の距離がほんのちょっとだけ近づいたような気がした。

「紺野さん、沖浦くん、掃除終わった？」

銀縁の眼鏡をかけた四十代くらいの女性が廊下から顔を覗かせる。担任の三岳先生だ。罰則の教室掃除をきちんとやっているか、様子を見に来たようだった。

「終わりました」

床や黒板、ゴミ箱など一通り三岳先生がチェックをする。

「はい、じゃあご苦労様。もう帰って大丈夫よ。これから気をつけてね」

チェックもクリアして、私は胸を撫で下ろす。罰則を無事に終えられた。

先生が去っていき、再び私と沖浦くんのふたりきりになる。

なんとなく一緒に教室を出にくくて、机の上で鞄の中を整理するフリをした。沖浦くんが教室を出てから、少し時間を置いて帰ろう。その方がいいはず。

「帰んないの？」

沖浦くんに声をかけられて振り向くと、ドアの前に立ってこちらを見ていた。

「あ……うん、帰る」

慌てて鞄のファスナーを閉めてから肩にかけて、教室の出入り口へと足を進める。

もしかして私の帰りの準備ができるまで、待っていてくれた？

「今日、ありがとな」

「……うん」

会話は続かず、そこで途切れた。

私たちは無言のまま、並んで廊下を歩く。このままだと駅まで一緒に帰る流れかもしれない。沖浦くんは、大して親しくもない私と帰るのは気まずくないのだろうか。

靴を履き替えて学校を出ると、予想通り駅まで一緒に向かう流れだった。

必死に話題を探してみるけれど、緊張でなにも浮かばない。共通の話題なんてクラスのことくらいだ。だけど別に沖浦くんに話すような内容がない。

先ほどよりも日が傾き、外は薄暗い。温度が下がり、夜の気配がする。

すっかり暗くなっちゃったね、なんて言ったら、罰則の件もあるので嫌みに聞こえるだろうか。

この時間帯っていいよね、って言っても、沖浦くんはそうは思わないかもしれない。

あと他に話題は——。

「紺野」

「っ、はい！」

名前を呼ばれただけで、どきりと心臓が跳ねる。

「あの花、桜？」

「どの花？」

きょろきょろと辺りを見回す。けれど、周囲には花が見当たらない。

「自画像の紙の裏に、花の絵が描いてあっただろ」

「え……」

まさか気づかれるとは思っていなかった。あんな落書き消せばよかった。どうしてあのまま残しておいたんだろう。

「花のことあんまりわかんねぇけど、たぶん桜かなって思って」

「あ、うん。桜だよ」

動揺しながらも答えると、隣を歩く沖浦くんがこちらを見る。そして微《かす》かに笑った。

「すげー上手かった」

純粋に褒めてもらえていることが伝わってきて、くすぐったい。あまり褒められることのない私にとって、何気ない沖浦くんの言葉が嬉しくて仕方なかった。

にやけそうになって、慌てて手で前髪をいじって目元を隠す。

「それ癖？」

「え？」

「なんでよく顔隠してんの」

沖浦くんからの指摘に、顔が引きつりそうになった。できれば触れられたくなかった。無言の時間が続かないように焦りながら、私は軽い口調で返す。

「私の笑った顔って変だから」

言葉の選択を間違えたかも。そうかな?って癖に気づかないフリをするのが最善だった気がする。どうか笑って流してほしい。祈るように手を握りしめる。

「意味わかんね」

まだ少し口の中に、ヒリヒリするようなミントの味が残っていた。ごくりと生唾を飲み込むと喉が痛む。

「笑った顔が変とか、本気で思ってんの?」

思ってるよ。自分の顔が嫌いで、他人に見られたくない。だけどそれを彼に言ったところで、どうにもならない。

「私、笑うと目とかこんなふうに細くなるんだよね」

わざとらしく目を細めて、指をさす。けれど沖浦くんの表情は険しいままだ。

「……気にしすぎじゃね」

気にしない生き方が、私にはわからないんだよ。

喉元まで出かかった言葉を呑み込む。

「あと歯並びもそんなよくないし! そもそも自分の顔をそんなに好きじゃなくって。中学の頃もそれでからかわれたりして、笑うの苦手なんだよね!」

距離が近づいたように思えていたけれど、持っているものが違う私たちはわかり合えない。私にとっては深く傷に残っていることで、気にしすぎという一言では片付けられないのだ。

けれど深刻な悩みとして話したら、気まずくなるだけ。それに自分の心も再び傷つくだけだから、私は軽いノリで話すことしかできなかった。

「悪い」

「え？」

「話したくないこと話させただろ」

中学の頃にからかわれたと言ったからだろうか。気にしてしまったみたいだ。

その優しさが逆に惨めに感じて、私は無理して明るい声を出す。

「大丈夫！　気にしないで！」

くだらない悩みって思ったかな。それくらいのことで顔を隠して笑うなんて変だって、引かれたかもしれない。

それから無言の気まずい時間が流れる。

失敗した。中学のときのことなんて、話すべきじゃなかった。頬の内側をぐっと噛みながら、逃げ出したい気持ちをこらえた。

相性がかなりいいと診断されたはずなのに、私たちは合わない部分ばかり。だけどそれは、まだお互いをよく知らないからなのだろうか。

「紺野、見て」

ぐいっと腕を掴《つか》まれる。振り返ると立ち止まった沖浦くんが、空を指さしていた。

「青い」

たった一言。だけどそれだけで意味が伝わった。

日中の青さとは違う。日が落ちる時間帯だけに見える、深い青色。建物も道も、辺り一面、青に染められている。

「……ブルーモーメント」

声に出してしまい、すぐに口を閉ざす。

沖浦くんに聞こえていたみたいだ。

「なにそれ」

「昼から夜に移り変わる一瞬に、世界が青い光に染まることを、そう呼ぶんだって」

以前ネットの記事で何気なく読んで記憶に残っていた。天気のいい日にだけ見えるという日没直後の青の世界。

「へー」

沖浦くんにとってこんな話は退屈だったかもしれない。ただ綺麗だねって返した方がよかった。

「そういう話聞くと、今まで何気なく見ていた風景が特別なものに思えるな」

興味を持ってくれている気がして、目を丸くする。

カシャッとスマホのシャッターを切る音がした。

「あ、ダメだ。上手く写らねぇ」

沖浦くんは青の世界を写真に残そうとしたらしい。だけど見せられた画面は暗くて、見えづらい。

「きっとこの景色はレンズ越しに残すよりも、肉眼で見た方が綺麗だと思う」

あ……言うべきじゃなかったかも。せっかく写真を撮ろうとしている沖浦くんの気を削いでしまったかも。微妙な空気になったら嫌だな。

「じゃあ、目に焼きつけとくしかないな」

そう言って沖浦くんが歯を見せて笑った。

深い青に染められた世界の中で、彼だけが太陽みたいに眩《まぶ》しく見える。

私たちは立ち止まったまま、少しの間無言で青の世界を目に焼きつけるように浸っていた。

沖浦くんと私は違うところばかりで、性格が合うようには思えない。けれど、彼には人を惹《ひ》きつける不思議な引力がある気がした。

二章　8%

あれから沖浦くんはサボることなく真面目に学校に来るようになった。

ゴールデンウィークが明けて、ペアの課題が増えるかと思っていたけれど、プリントを交換して採点するなどといった簡単なものばかり。そのため、ペアといってもまだ一緒に行動することは少ない。

「隣のクラス、早速ペアで揉《も》め事だってさ〜」

昼休みにポテトチップスを食べながら、有海は先ほど聞いたという揉め事について話し始める。

「片方が不登校になっちゃったらしくって、ペアの課題ができなくって、提出免除になった子がいるんだって。それでズルいとか言われてるみたい」

「ズルいって、仕方なくない？」

「そうなんだけどさぁ。その子が、ラッキーとか言っちゃったみたいで」

「あー、それは反感買うわ」

私は有海と咲羅沙の話に耳を傾けながら、パックに入ったピーチティーにストローをさす。

ペアリング制度は、ここ数年でできたものだから、まだ問題点も多いと聞く。

片方が不登校になったり、病欠や退学した場合、余る人が出てしまう。学年でそういったケースが多発する場合は、再度ペアリングをし直す学校もあるらしい。

「てか、ペアの相手がいなくなるの結構焦らない？　去年話題になってたじゃん」

「もしかして、ネットニュースになったいじめのやつ？」

私の問いかけに咲羅沙が頷く。確か片方が学校を辞めた影響で、ペアが組めなくなってしまったため、ペアリング対象外になったそうだ。

「ペアの相手が学校辞めた後、残された子がペア課題免除されてたからクラスで浮いちゃって、最終的にいじめにまで発展したってやつ」

「そんなことで？って感じだけど、隣のクラスの雰囲気見てると、ありえない話じゃないなーって感じだよね～」

強制的に誰かとペアを組まされることには息苦しさがあるけれど、誰ともペアにならずに浮いてしまうのも学校で過ごしづらい。

「ペア制度が始まってからサボりが減ったとか言われてるけどさ、実際どうなんだろうね～。沖浦は最近サボってなさそうだけど」

「課題さえ出せば罰則が科されないって誤解してたみたいで……だから、もう大丈夫」

咲羅沙が、呆れたように顔をしかめる。

「八枝、とばっちり受けたんだから、怒っていいと思うよ」

「でも謝ってもらったし、一度だけだから……」

最初は不満もあったけれど、それでも今は特に沖浦くんに対して怒っていない。

「優しすぎ」

その言葉が棘みたいに心に刺さる。

咲羅沙が悪い意味で言っているわけじゃないのはわかっている。だけど、本当に優しさから大丈夫と言ったわけじゃなかった。

なるべく平穏に過ごしたい。沖浦くんと揉めたくもないし、謝ってくれて、その後サボっていないからそれでいい。

言葉を呑み込んで、ピーチティーにさしたストローを口元に持っていく。

「八枝は災難だよねー。沖浦みたいな人とペアになっちゃって」

「こないだは、かっこよくて羨ましいって言ってたじゃん。それ一枚ちょうだい」

咲羅沙がツッコミを入れながら、割り箸を有海のポテトチップスの袋に伸ばし、一枚つまんだ。

「そうだけどさー。連帯責任とか、嫌すぎ」

連帯責任。その言葉が重くのしかかる。

サボりだけじゃない。体調不良で課題ができなかった場合も、連帯責任として追加課題があるらしい。

「ペアが咲羅沙でよかった〜」

「私もペアが有海でよかった。男子だったら、絶対やりにくかったし」

「ふたりはペアでいいなぁ」

明るい声で返したけれど、本当に言いたいことは胸につっかえていた。

ペアリング制度なんてなければいいのに。どうしてこんなものが、私たちが学生のときにできてしまったんだろう。

きっとペアリング制度がなければ、沖浦くんと話すこともなかっただろうし、連帯責任を気にする必要もなかった。もしも私が体調不良で課題ができなかったら、沖浦くんにも迷惑がかかってしまう。

風邪を引かないように気をつけないと。けれど、そう思うほどプレッシャーがのしかかる。

「ね、見て見て！　くちばし！」

有海がポテトチップスを二枚口にくわえて指さす。

「写真撮って！」

スマホを取り出した咲羅沙が、笑いながら有海を撮影する。その光景を、私は隣でお弁当を食べながら眺めていた。

「有海、これ載せていい？」

「いいよー！」

そんなふたりの会話を聞きながら、卵焼きを食べていると、机に置いていたスマホに通知が届いた。画面に書いてある文字に硬直する。

【タグづけされました】

……タグづけ？

タップしてみると、咲羅沙がＳＮＳに載せた有海のくちばしの画像だった。そして、そこには私も写り込んでいた。有海を眺めながら微笑んでいるように見えて、血の気が引いていく。

この顔を、いろんな人に見られるのは嫌だ。

だけど、写り込んでいるから消してとは言いにくかった。胃がキリキリと痛み、暑くもないのに汗をかく。撮るときに写らないようにずれればよかった。

誰も端に写っている私のことなんて気に留めない。だけど見られるのが怖い。自分の細められた目や微かに上がった口角が、気味の悪いものに見えて仕方がなかった。

「私、トイレ行ってくるわー」

咲羅沙が立ち上がると、すぐに有海は「待って！」と引き留める。

「飲み物買いに行きたいから、一緒に行こ！　八枝は？」

ペアリング制度の話や写真のことに気を取られて、お弁当のおかずが半分以上残ったままだった。私は首を横に振って、お箸を持った手を口元に添えながら微笑む。

「まだ食べ終わってないから、私はここで待ってるね」

「おっけー。じゃあ、行ってくるね～」

有海たちを見送った後、無理矢理にミニハンバーグや人参の甘煮などを口の中に詰め込んでいく。残さず食べないと、お母さんに食欲がなかったのかと心配をかけてしまう。

だけど胃もたれを起こしているかのように、不快感があって食欲が湧かない。

咀嚼《そしゃく》したおかずをピーチティーで流し込んで、なんとか食べ切った。

お弁当箱を片付けた後、机の上に置いていたスマホを手に取る。

普段使っているSNSのピンク色のアイコンを開くと、先ほどの画像がトップに表示されていた。

いいね通知が、次々に届く。

知らない名前や、同じ教室にいる生徒の名前。咲羅沙のフォロワーからのリアクションだ。先ほど載せたばかりなのに、その数はすでに八十を超えていた。

「……っ」

先ほど胃に入れたものが逆流しそうだった。自分を落ち着かせるように、シャツの胸元を握りしめる。

お願い。見ないで。

そう願っても、また通知が増えていく。

『気にしすぎじゃね』

沖浦くんの言う通りかもしれない。

だけど、心にモヤモヤとしたものが広がって、この画像がネット上に残り続けるのだと思うと、アカウントごと消してしまいたい衝動に駆られた。

そして、その夜。

私はSNSのアカウントを削除した。

友達との思い出も詰まっていたため、消したくない気持ちもあった。でも、自分が写った画像のことや、誰かのリアクションが気になってしまう。

私がアカウントを消したところで、画像が消えるわけじゃない。それでも通知が届くたびに、あの笑みを思い出すことが耐えられなかった。

綺麗な顔で笑えるようになりたい。願えば願うほど、脳裏に焼きついた自分の笑顔に嫌気がさした。

「八枝〜！」

部屋のドアをノックされて、急いでベッドから起き上がる。ドアを開けると、紫色の花を持ったお母さんが立っていた。

「お花、部屋に飾る？」

小ぶりな花がたくさん咲いていて、鮮やかな紫色をしている。一輪受け取ると、甘い香りがした。

「ライラック、かわいいでしょ？　リビングと八枝たちの部屋にどうかなと思って買ってきたの」

お花が大好きなお母さんが嬉しそうに微笑む。親子なのに、私の笑顔とは違う。優しさが滲み出ていて、私もこんなふうに笑えたらいいのにとライラックの茎をぎゅっと握りしめる。

「……ありがとう。飾るね」

ライラックを机に置いて、花瓶を持って洗面所まで向かう。中に水を入れながら、視線を上げると鏡には自分の顔が映っていた。

「あ、私の分も水入れて！」

洗面所にやってきたお姉ちゃんが花瓶を洗面台に置いた。

「うん。綺麗だね」

「うん」

鏡に映る私とお姉ちゃんの顔を見比べて、すぐに視線を落とす。

幼い頃から、よく似ている姉妹だと言われていた。確かに顔立ちは似ていると思う。だけど表情や性格が私たちは異なる。

明るくて活発で、表情がコロコロと変化するお姉ちゃんは、社交的で交友関係も広い。しょっちゅう誰かから電話がかかってきていて、相談に乗っているのを見かける。

一方、私は感情を言葉にするのが苦手で、友達はいるけれど深い付き合いをする人は少ない。それに相槌《あいづち》を打ったり愛想笑いでごまかしてしまう癖がある。だからか、誰かの相談に乗ることもあまりなく、私自身も相談をすることはほとんどない。

姉妹なのに私たちは、こんなにも違う。

「はい」

水を入れた花瓶を渡すと、お姉ちゃんはニッと歯を見せて笑った。

「ありがとー!」

……いいな。屈託なく笑えて。そんな嫉妬が混じった感情が心に滲む。

きっとお姉ちゃんは、笑った顔を指さされて変だと言われたことはない。ううん、もしも言われたことがあったとしても、お姉ちゃんは気にしない。

『勝手に言わせておけばいいじゃん。反応するから面白がるんだよ』

中学の頃、男子にからかわれたときに私もそう思えていたら、今も気にせず笑えていたんだろうか。

翌日、学校に行くと咲羅沙と有海の雰囲気がいつもと違っていた。なんとなくぎこちなくて、時折目配せをしている。

自分がなにかをしてしまったのかもと焦りながらも、私は気にしていないフリをして話題を振る。

「昨日の数学の課題、ちょっと難しかったよね」

「あー……ね。私、最後の問題自信ないんだよね。適当に書いて埋めたけど」

咲羅沙がリップを塗る手を止めて、控えめに微笑む。やっぱりいつもと少し反応が違う。

「え、私全部解けなかったんだけど！　だから真っ白！」

有海の発言に、私と咲羅沙は目を丸くする。そして咲羅沙がおかしそうに噴き出した。

「ちょ、マジで？　追加課題とかになったら嫌なんだけど！　有海、今すぐプリント出して！」

「えー！　もうプリントやりたくないんだけど〜」

「一問も解いてないくせになに言ってんの！」

ふたりのやり取りを見て、私は目元を隠すように前髪をいじりながら笑う。

さっきは違和感を抱いたけれど、今はいつも通りのふたりだ。私が気にしすぎていたのかも。

するど、ふたりの動きが止まる。

「よかったー!」

ほっと息を吐いた有海に、私は首を傾げた。隣にいる咲羅沙も表情が先ほどよりも和らいでいる。どうしたのだろうか。

「昨日八枝、アカウント消したじゃん?」

有海の指摘に、びくりとする。

「だから、なにかあったのかなーとか思って」

アカウント削除した私の行動が、ここまでふたりを気にさせていたなんて。申し訳ない気持ちもあったけれど、本当のことは話しづらかった。

事情を話したら、それくらいのことで?と困惑させるかもしれない。

「ごめんね、深い意味はなくて! ただ最近あんまり見ていなかったから、消しちゃおうかなって」

軽い感じで笑いながら話して、俯きながら前髪に触れる。

やっぱり消すのは失敗だったかも。SNSを見てなかったら、みんなの話題に乗り遅れることもある。もう一度作った方がいいだろうか。

「でもみんなの投稿見れなくなっちゃうし、作り直そうかな」

「そっか〜。まあ、頻繁に消して作り直す子も結構いるもんね」

　咲羅沙が苦笑する。それがいい反応には思えなくて、内心焦った。

　衝動的に消して、またすぐアカウントを復活させたら面倒くさいやつだと思われそうで怖い。

　意志が弱くて、相手の反応で不安になる自分に呆れてしまう。

　後悔するくらいなら、もう少し考えるべきだった。あのとき、通知だけ切った方がよかったかもしれない。

「てかさ、ペア事件のニュース見た？」

　私と有海は顔を見合わせて、首を横に振る。

「ううん、知らない」

　咲羅沙がスマホを机の上に置いて、私たちに見せてきた。

「え、なにこれ。……ペアになった男子に逆らえなくて窃盗を繰り返す？」

　有海と一緒に記事を読んでいく。片方の影響を受けて非行に走った事件かと思えば、飛び込んできた言葉に目を見開く。

　女の子はペアの男の子に窃盗を強要されていて、耐えきれなくなりSNSに遺書を残して自殺をしようとしたらしい。未遂だったものの、ペアリング制度廃止の声も保護者たちからあがっているそうだ。

「しかもこれ、結構近くない？」

「本当だ。隣駅の学校だよね」

ここの学校の生徒とは、一緒の電車に乗ることが多い。記事を読んでいるときは自分たちとは遠い世界の事件のように感じたけれど、知っている学校だとわかり、血の気が引いていく。私たちの学校でだって、こうした事件が起きてもおかしくないんだ。

「まあでも、沖浦はそういう不良タイプじゃないけど、八枝も気をつけてね」

「え？　あ……うん」

沖浦くんがなにかを強要してくるような人には思えない。彼のことを詳しく知っているわけではないけれど、それだけはわかる。

沖浦くんは悪い人じゃないよ。だから、大丈夫。そう言うべきだったのに、曖昧《あいまい》なことしか私は答えられなかった。

予鈴が鳴って自分の席に戻ると、座る直前に沖浦くんに呼び止められる。

「紺野、プリント交換」

「あ、うん！」

机の中から課題のプリントを取り出して沖浦くんに渡す。すると沖浦くんが、私の解答をまじまじと見た。

「すげ、全部埋まってる」

「……最後の方は難しいから、たぶん合ってないと思う」

　空白で出しにくくて、とりあえず埋めただけ。受け取ったプリントに視線を落とすと、沖浦くんは最後の問題が空白のままだった。

「俺なんて思いつきもしなかったけど」

　沖浦くんのプリントは、わからないことはわからないと空白で主張しているように見える。相性がいいと診断されても、やっぱり私たちは全く違っていた。

　不意に沖浦くんが身を屈めて、私の顔を覗き込んでくる。

　あまりにも驚いて、私は身体がのけ反りそうになった。

「っど、どうしたの？」

「前から思ってたけど、前髪長くね？　目にかかってんじゃん」

「――っ、見えるから平気！」

　前髪は、目元を少しでも隠すために長めに伸ばしている。見えづらさもあるけれど、この長さに慣れてしまって短くすると落ち着かない。

「あっそ」

　沖浦くんの返答が素っ気なく聞こえて、肩を震わせる。

　露骨に嫌がりすぎたかもしれない。

　そのまま沖浦くんが、遠ざかっていくのを感じた。

　悪気があったわけじゃないのはわかっている。もっと上手く対応ができたらよかった。ちょっとしたことで動揺してしまうこんな自分が嫌だ。

「このモデルの子って、自分のことめちゃくちゃ好き〜って感じ出てるから苦手なんだよね」

「わかる！　自己愛強い感じが投稿に滲んでるよね」

近くにいた子たちの会話が聞こえてきて、前髪を撫でるように触れる。

私は、そのモデルの人が羨ましく思える。

自分を好きになるって、難しい。

だって好きになれるほど、自分のいい部分が見当たらない。

自信が持てて、笑顔もかわいかったら、私は自分を好きになれたのだろうか。


憂鬱な気持ちのまま授業開始の挨拶をぼんやりと聞いていると、「紺野」と数学の先生に名前を呼ばれた。

「教科書は？」

「あ……すみません、すぐ出します」

机の中に入れている教科書やノートを引っ張り出す。けれど、数学の教科書が見当たらない。鞄を開けてみても、どこにもなかった。

……もしかしたら、数学の課題をやるために教科書を持って帰ったので、家に置いてきてしまったかもしれない。

「忘れたのか？」

先生の厳しい眼差しと、周囲の生徒からの視線が一気に集まって、息を呑む。

「……っ、ぁ」

忘れましたと言わないと。だけど苛立っている先生の前で、萎縮《いしゅく》してしまい上手く声が出ない。

ここで忘れたと言ったら、減点されるのだろうか。こんなことでペアの沖浦くんにまで迷惑がかかってしまうかもしれない。

胃のあたりをぐっと手で押さえて、震える息を吐いた瞬間。空気を裂くように、椅子が床に擦れる音がした。

「悪い、紺野。俺が借りたままだった」

立ち上がった沖浦くんが、私のもとまでやってくると数学の教科書を机の上に置いた。

「なんで紺野の教科書を沖浦が持ってるんだ」

「昨日課題のことで紺野に教えてもらってたんすよ。それで俺が間違えて持って帰ってました」

違う。そんな覚えなんてない。それなのにどうして……？

「で、俺は自分の教科書家に置いてきちゃいました」

あははと笑う沖浦くんに、周囲の人たちが苦笑する。先生は呆れたようにため息をついた。

「次忘れたら、沖浦のペアは追加でプリントを渡すからな」

「はーい。すんません」

沖浦くんは謝罪して席に着く。そして隣の人に教科書を見せてもらっていた。

……庇《かば》ってくれたんだ。だけど私の代わりに忘れたことにしても、沖浦くんはなにも得をしない。先日のサボりの件もあるので、むしろ先生たちに悪い印象がついてしまう。

それなのにみんなの前で、自分が忘れたと嘘をついてくれたのはなぜだろう。

右側を向くと、頬杖をつきながら黒板を眺めている沖浦くんの横顔が見える。いくら考えても、沖浦くんの考えはわからない。

数学の授業が終わる直前。ノートの最後のページを破って、私はメモを残した。

【迷惑かけて、ごめんなさい。庇ってくれてありがとう】

二限目が終わり、教科書を沖浦くんに返しに行こうと思っていると、スマホを持って廊下に出ていく姿が見えた。後を追うと、廊下の端の方で立ち止まり、電話をしている。

後で返そう。そう思って私は引き返した。

その後もなかなかタイミングが掴めず、昼休みになってしまった。

声をかけようと立ち上がると、沖浦くんは鞄を持って私のもとまでやってきた。

「紺野……悪い」

「え？」

「昼休みが終わっても俺が戻ってこなかったら、先生に俺が独断でしたことだって言って」

それだけ言うと、沖浦くんは急いで教室から出ていく。

今のどういう意味？

詳しく事情を聞きたいのに、沖浦くんの姿はもう見えない。

「八枝？　お昼食べないの？」

「ごめん、先に食べてて！」

咲羅沙と有海に断りを入れてから、私は沖浦くんを追いかける。

嫌な予感がした。

昼休みが終わっても戻ってこなかったらって、もしかして学校の外に行くつもり？

そうだとしたら、昇降口に向かっているはず。

小走りで階段を下りていくと、昇降口にあるすのこが揺れる音がした。

「……沖浦くん」

私の声に、沖浦くんが顔を上げる。ちょうど靴を履き替えようとしていたところだった。

「さっきのどういう意味？　どこ行くの？」

サボる気なら止めないと、また罰則になってしまう。

沖浦くんは気まずそうな表情を見せて、俯いた。

「すぐ戻るから」

「……すぐって……でも」

学校の外に出る気なのは間違いない。そもそも昼休みとはいえ、学校を出たら先生に叱られるはず。

「……なにがあったの？」

沖浦くんには焦りが見えて、ただのサボりではなさそうだった。なにか事情があるのかもしれない。

「妹が熱出してて」

「え……」

「今家に誰もいないから、どうしても様子を見に行きたくて……悪い。また連帯責任で、紺野まで罰則になるかもしれねぇのに」

切羽詰まっている様子の沖浦くんからは、本気で妹のことを心配しているのがうかがえる。サボりだとしたら、引き留めないといけないって思っていた。

だけど、私は握りしめていた自分の手を解く。

「っ、大丈夫！」

ちょっとだけ声が震えた。本当は少し迷いがある。

罰則を避けたいし、まずは先生に話した方がいいんじゃないかとか、別の選択肢が浮かぶ。

それでも沖浦くんは今すぐに、妹のもとに駆けつけたいのだと思う。

「気にしなくていいから」

それでも数学の教科書を忘れたとき、私を庇ってくれた沖浦くんの優しさに恩返しがしたい。

「……本当ごめん。なにか言われたら、なんも知らないフリして」

私は首を横に振る。

「罰則よりも、妹さんのことの方が大事だよ。早く行ってあげて」

「ありがとう」

弱々しく沖浦くんが微笑んだ。そして薄暗い昇降口から、青空が広がる外に向かって走っていく。

後ろ姿を眺めながら、私はその場にへたり込む。

……行ってって、言っちゃった。

先生に、怒られるかな。昼休みが終わるまでに本当に帰ってくるのかもわからない。でもあんなに必死な表情の沖浦くんを、引き留めることなんてできなかった。

木々を揺らすほどの風が吹き、昇降口の中まで葉が入ってくる。前髪が風で持ち上がり、ふわりと緑が香る。私の好きな植物の匂い。

先生に怒られたとしても、沖浦くんが妹さんのもとへ駆けつけることができたなら、それでいいや。すぐそばに落ちている葉を拾い上げる。

自分の大事なものを守るために走っていける、沖浦くんはかっこいいな。私だったら、きっとルールを気にしてためらってしまう。

教室へ戻ると、お弁当箱を持って咲羅沙と有海のもとへ向かう。ふたりは机をくっつけてお昼ご飯を食べていた。

「大丈夫？　お腹でも痛い？」

トイレにでも行っていたと思っているみたいだ。私は「大丈夫」と言葉を濁しながら、近くの空いている椅子を借りる。

有海たちには言えなかった。四月のサボりのこともあって、ふたりは沖浦くんに対していい印象を持っていない。

「あれ、呼び出し絶対彼女だろ」

「だよな、絶対そう」

教室の廊下側の席から、男子たちの声が響いてきた。

「え、沖浦って彼女いるの？」

「年下の彼女がいるとか聞いたことあるけど」

呼び出しとは、おそらく沖浦くんが妹の熱が心配で一時帰宅したことについてだ。誤解が広まっていて、沖浦くん本人の口から事情を聞いた身としては胸の奥がざわつく。

「八枝また連帯責任じゃん。かわいそう」

会話を聞いていた咲羅沙が眉間に皺を寄せる。

「てか、彼女に会いに行くためにサボるとかありえなくない？　ペア制度のことがあるのに」

「あ、違うの……！　妹さんが熱出したって、沖浦くん本人がさっき言ってたんだ。それで心配で帰るみたいで」

「えー、けどさ、それ本当かわからなくない？」

有海の指摘になにも返せなかった。

沖浦くんが嘘をついている可能性。それを私は考えていなかった。

「八枝は優しいから、妹って言えば信じると思ってごまかしてる可能性もあるじゃん?」

簡単に信じちゃダメだよと、咲羅沙が困ったような表情を浮かべる。

「沖浦と仲いい男子たちまで言ってるんだから、妹の熱って話は嘘の可能性高いよ」

普段の私なら、周りの話に流されて鵜呑《うの》みにしていたと思う。

だけど、あのときの沖浦くんの表情は切羽詰まっていて、嘘をついているようには見えなかったのだ。

……それに、彼女だとしても心配で様子を見に行くのはいけないことなのかな。

有海が注意をするように、人差し指を立てる。

「素直に信じちゃう人が損するんだからね!」

私は曖昧に苦笑しながら、前髪に触れた。

沖浦くんの走っていく後ろ姿が頭をよぎる。

どうか、お願い。戻ってきますように。

お弁当を食べて、咲羅沙たちと喋っていると、あっというまに時間は過ぎた。昼休みはあと十分くらいで終わってしまう。

沖浦くんが戻ってくる気配はない。熱を出した妹さんの面倒を見ていたら、昼休みの時間に帰ってくるのは難しい気もする。

多少遅れたとしても、五限目に間に合えば、先生にバレずに済む。最悪授業が始まったとしても、戻ってきてくれたら罰則は軽いものになるかもしれない。

だけど私の願いは虚《むな》しく、沖浦くんは戻ってこなかった。

六限目が終わっても、彼の席は空いたまま。

……なにかあったのだろうか。それとも妹の熱というのは嘘でサボり？

複雑な気持ちが心の中に入り乱れる。だけど、私が数学の教科書を忘れたとき、自分が叱られるのを覚悟で庇ってくれたような人だ。適当に理由をつけてサボったとは思えない。

それとも私がそういう人だと思い込んでいるだけ？

帰りのホームルームでは、四月に描いた自画像が返却された。そして一緒にペアの人が書いた評価表も渡される。

机の上に裏返しに置いた自画像を、できるならこのまま破って捨ててしまいたい。

こんな絵、いらない。沖浦くんが書いた私への評価表も見るのが怖い。

それに本人に渡されるなんて知らなかった。私、沖浦くんの評価表になんて書いたっけ？　もっと気をつけて書くべきだったかも。

憂鬱な気分で視線を落とすと、画用紙の裏面に私が描いた桜を見つけた。そしてその隣に、黒のボールペンで花丸が描いてある。

……沖浦くんだ。

私が描いた小さな桜の絵を見つけてくれて、上手いと褒めてくれた。それだけじゃなく、花丸まで描いてくれたんだ。嬉しくて頬が緩む。

はっと我に返り、慌てて前髪をいじる。

気が緩んでしまっていた。変な笑顔を周りの人に見られないようにしないと。

自画像を描いた画用紙を、丸めて鞄の中にしまい込む。評価表は読まずに折り畳もうとすると、沖浦くんは筆圧が強いのか裏面にしていても浮き出て見えてしまう。

綺麗と書いてある気がして、手を止める。彼がなんて書いたのか読むのは怖いけれど、紙をゆっくりと表面にした。

【線が綺麗。髪が本物みたいで、艶《つや》や影のつけ方とか勉強になった。慎重さが絵から伝わってくる。だけど表情が暗い。本物の紺野の方がいい。あともっと紺野の絵が見てみたい】

言葉にならない感情が心の奥底から湧き上がってくるような感覚がして、紙の上にペンケースを置いて文字を隠す。

これって褒めてくれてる……？　自画像の私よりも、本物の方がいいって、読み間違い？　それに私の絵がもっと見たいって……。

ペンケースをちょっとだけずらして、もう一度沖浦くんの文章を読んでみる。

身体中に血が巡《めぐ》りだしたみたいに、体温が上がっていく。

自画像を評価されるのは恥ずかしい。本当は見られたくない。だけど……沖浦くんがくれる言葉はどれも温かさを感じた。

ごつごつとしている文字を、指先でなぞる。

……力強くて、だけど丁寧で伸びやかで、達筆な字。

鞄の中に入れた自画像は、家に帰ったら見ずに捨てようと思っていた。

だけど沖浦くんの言葉が、じんわりと心に灯って気持ちに変化が生まれる。

この紙と一緒にとっておこう。いつか大嫌いな自分の顔を描いた絵を、懐かしんで見返すことができる日が来たらいいな。そんな感情が芽生えた。

帰りのホームルームが終わると、担任の三岳先生に声をかけられた。

「紺野さん、少し残ってもらっていい？」

「……はい」

そんな私を見た有海が小声で「災難だね」と言って、同情するように肩を軽く叩く。

「私たちは先に帰ってるね」

「うん、また明日ね」

咲羅沙と有海が教室から出ていき、ひとりで席に座っていると、教室にいたクラスメイトたちがちらちらと私を見る。

居心地の悪い視線を感じながら、先生の話を待つ。

「残ってないで、早く帰りなさい」

私以外の生徒たちを全員教室から出すと、三岳先生は隣の席に座った。

「紺野さんも大変ね」

私はペアとして連帯責任だと叱られるかと思っていたけれど、憐《あわ》れんでいるようだった。

「沖浦くんのこと、特別罰則にしておくわ。本当はペアで連帯責任だけど、さすがに彼ばかりが問題を起こしているから」

「え……あの、特別罰則ってなんですか」

「沖浦くんだけに罰を与えるということよ」

まだ全てのルールを把握していなくて、特別罰則については初めて知った。なにもかもが連帯責任になるというわけではないんだ。

「入学して一ヶ月半で二回もサボりなんて。紺野さんまで巻き込むのに呆れるわ。それにさっき報告を受けたけど、今日は数学の教科書を忘れたんでしょう？」

心の中にしまい込んでいた罪悪感が、どろどろと滲み出てくる。

沖浦くんは、確かに最初は突然サボったけれど、教科書の件は私が起こしたことだ。

だけど、それを口にするのは怖かった。

あのとき庇ってもらったのを誰にも言えず、私は黙ったまま。沖浦くんだけを悪者にしている。

サボった沖浦くんに問題があったのかもしれない。でもそれ以上に、私は……卑怯だ。

「これから先が思いやられるわね。今後サボる気なんて起きないように、なるべく厳しい罰則を考えているから」

「っ、沖浦くんは妹さんの熱が心配で！」

「妹の熱？　彼がそう言ってたの？」

「はい。だから……理由のない早退じゃないです」

三岳先生は額に手を当てて、ため息を漏らす。

「本当かわからないでしょう。彼女に会いに行ったって噂も聞いたけど？　それに本当だとしたら、まずは先生に言うべきだと思うわ」

私は微かに震える手を握りしめる。

「先生の言うことはわかります……。私も、まずは先生に伝えた方がいいんじゃないかって思いました。でも……その時間が惜しいくらい沖浦くんは慌てていて……」

どうしてこんなに歯痒《はがゆ》いんだろう。

私は沖浦くんのことを、よく知りもしないのに、彼が嘘をついているとクラスメイトや三岳先生が決めつけて話しているのをもどかしく感じる。

『ありがとう』

弱々しく微笑んだ沖浦くんが、頭から離れない。

真実はわからないけれど、彼だけを悪者のままにしたくない。

「それに……教科書のことも違うんです」

「え？」

「……ほ、本当は私が教科書を忘れたんです」

「どういうこと？」

「私が家に置いてきちゃって、そのことに気づいた沖浦くんが庇ってくれたんです。だから……沖浦くんだけが問題じゃありません。黙っていてごめんなさい」

私が打ち明けた内容に、三岳先生は困惑しているようだった。そしてなにかを言おうとしたとき、教室に誰かが入ってきた。

「え……」

後ろのドアの前に、沖浦くんが立っている。

まさか放課後になって教室に戻ってくるとは思わなかった。三岳先生も呆然《ぼうぜん》と彼を見つめている。

「紺野、ごめん」

私の席の前までやってくると、沖浦くんは深々と頭を下げた。

「妹さんは……大丈夫？」

私の問いかけに顔を上げた沖浦くんは、小さく頷く。

「三十九度あって、慌てて近所の病院で診てもらった。今は父さんが帰ってきて、そばについていてくれてる」

よく見ると沖浦くんの額や首筋には汗が滲んでいて、呼吸も少し荒い。きっと急いでここまで来たんだ。やっぱり、沖浦くんが嘘をついているようには思えない。

「……事情はわかったけど、罰則が適用されるのは変更できないわ」

「わかってます。無断で家に帰ってすみません。俺の責任なので、さっき言っていた特別罰則でお願いします」

私と三岳先生の会話を、沖浦くんは聞いていたんだ。三岳先生は横目で私を見た後、頷く。

このままでは沖浦くんだけが罰を受けることになる。

今回の件は、沖浦くんが先生に無断で学校を出て、授業をサボったことが問題だ。沖浦くん自身がひとりで罰を受けると言っているのだから、なにも言わずやり過ごせばいいのかもしれない。

だけど……本当にそれでいいのだろうか。

手に汗がじわりと滲み、握りしめる。

「先生……あの」

昇降口で早く行ってあげてと言ったのは、私だ。

あのとき、私にだってできることはあった。見送るだけじゃなくて、伝えることができたのに考えつかなかったんだ。

「沖浦くんが妹さんの様子を見に帰ったのを知っていたのに、先生に報告しなかったのは私です」

「紺野」

私を沖浦くんが止めようとしたけれど、言葉を続ける。

「だから……私も一緒に罰を受けます」

先生は私と沖浦くんを交互に見てから、仕方なさそうに眉を下げた。

「それなら今日は黒板をふたりで綺麗にしてくれる？」

「え……それだけでいいんですか？」

この間の罰則とは違い、今日は掃除当番の人たちが教室を綺麗にして、黒板も掃除されている。だから、ほとんどすることがない。

「今日は先生に早退をすることを報告しなかった罰則。私から他の先生にも事情は話しておくから、家のことで困ったことがあったらすぐに相談すること。いい？」

「……はい。ありがとうございます」

沖浦くんが頭を下げると、先生は申し訳なさそうに微笑む。

「事情を聞こうとしなくて、私も悪かったわ」

三岳先生はルールに厳しくて怖い人だと思っていた。だけどそれだけじゃない気がする。沖浦くんの事情を本人の口から聞いて心配しているように見える。それに私のことも気にかけてくれていた。

先生が教室を出ていくと、私たちは黒板の掃除に取りかかる。けれど、ほとんど綺麗なので、念のためクリーナーをかけるだけで、あまり時間はかからなさそうだ。

「紺野は先に帰って」

私は黒板消しを持とうとした手を止める。そして机の中から数学の教科書を取り出して、彼に差し出した。

「沖浦くん、これ」

「……ああ」

「庇ってくれて、ありがとう。あのとき動揺して言葉が出てこなくって、沖浦くんに助けられたの。だから……私も一緒に掃除させて」

沖浦くんは教科書を受け取ると、「ありがとう」と掠《かす》れた声で言った。声に元気がない。彼にとってきっと今日は大変な一日だったのだろう。日に焼けた肌が、いつもよりも血色が悪いように見える。

空気が少しでも柔らかくなるようなことを言いたいのに、気の利いた言葉がなにも浮かばない。

私は黒板消しを手に取って、早く終わらせるために黒板を磨くように掃除をする。

こんなとき有海だったら、明るく場を和ませるのかな。咲羅沙だったら、真っ直ぐな言葉で励ましてくれるかも。

私は……私にはなにができる？　沖浦くんに『体調は大丈夫？』って聞いたら、具合悪く見えるのかって思われちゃう？

そうだ。授業のノート大丈夫かな。でも私は字が綺麗なわけじゃないから、貸しにくい。仲のいい人たちに借りるかもしれないし、変にでしゃばらない方がいい？

頭の中に思い浮かんだ言葉は、喉のあたりに突っかかって声にならない。

特に会話もなく、私たちの間に無言の時間が過ぎていく。

緊張のせいなのか、ぐうっとお腹が鳴ってしまい動きを止める。

「……っ！」

最悪だ。この静かな空間なら絶対沖浦くんに聞こえている。

ちらりと隣を見ると、沖浦くんと目が合った。気まずくて、とっさに視線を逸らす。

「ミントのやつならあるけど」

「っ、大丈夫！　お腹空いてるわけじゃないの！　た、たぶん！」

「ははっ、たぶんってなんだよ」

沖浦くんが、声を上げて笑う。

……私の言葉に、笑った？

意外で目をぱちくりとさせる。沖浦くんは緩んだ表情のまま私を見ていた。

「紺野って話してみると面白いよな」

「え、そんなこと言われたことない……」

大人しいとか、落ち着いてるねとは言われたことがあるけれど、面白いなんて言葉とは無縁で生きてきた。

ただなんとなく流れる水のように、そのときに仲よくなる人たちに合わせる役割で、特徴的な個性というものは私になかった。

「リアクションとか面白い。こないだミント食べたときとか」

「あれは、初めて食べたからびっくりして……できれば忘れてほしいな。あと今のお腹の音も、記憶から抹消《まっしょう》してほしい」

「抹消って！」

また沖浦くんが声を上げて笑う。なにが彼のツボになっているのかわからないけれど、気づけば自然と沖浦くんに対して、思ったことを口に出せていた。

つい先ほどまで、心の中に浮かんだ言葉の数％くらいしか伝えられていなかったのに、今ではするすると出てくる。喉に絡みついた鎖が、緩んでいくようだった。

「じゃあ今度別の味持ってくる。グレープミント味」

「え、それもスースーするよね？」

「慣れたらいける」

「ええ……そういうものなのかなぁ」

楽しそうな沖浦くんを見ていると、口元がにやけそうになった。慌てて唇を噛んで、表情を管理する。

この時間が楽しいのに、笑えない。……笑顔なんて見られたくない。だけどつまらなさそうにしているとも思われたくなかった。

こういうとき、どんな表情をしたらいいんだろう。私が綺麗に笑える人だったらよかったのに。

黒板の掃除が終わり、水道の水で手を洗う。冷たい水に手をくぐらせて、ハンドソープに手を伸ばそうとしたときだった。

「なんで俺のこと信じたんだ」

「え？」

「先生とかクラスのやつらは、俺の話を信じてなかっただろ？」

――本当かわからないでしょう。彼女に会いに行ったたって噂も聞いたけど？

三岳先生が言っていたことを思い出す。確かに沖浦くんの言う通り、彼と普段一緒にいる人たちは、彼女だと決めつけて話していた。

「先月も妹が体調崩して早退したとき、誰も信じなかったし」

沖浦くんの表情は少し寂しげで、だけど諦めているようだった。その表情に胸が痛む。

「……沖浦くんと仲いい人たちは、どうして彼女だって勘違いしてたの？」

「妹から来たメッセージを見られて、それで彼女だって誤解されたんだ。違うって言っても、信じてなかった」

「妹でも、彼女だとしても、体調を崩して心配して駆けつけることのなにがいけないんだろう……」

心に溜まった周囲への不満をぽつりとこぼす。

「連帯責任の件もあるから、突発的な行動を避けた方がいいのはわかるけど……。でも沖浦くんは事前に私に伝えてくれたし、ルールに縛られずに走って駆けつけることができるのってすごいなって思う」

沖浦くんが目を見開いて動きを止める。

つい言葉に出してしまった。こんなことを言うのは余計なお世話だったかもしれない。

「ごめん、忘れて！」

「忘れない」

ニッと歯を見せて沖浦くんが笑う。

水で手が冷えたはずなのに、急に体温が熱くなるのを感じた。

恥ずかしい。変なことを言うんじゃなかった。だけど、でも……沖浦くんが私の言葉を真っ直ぐに受け取ってくれているのが嬉しい。

「なんで信じたのかって話の答えなんだけど……沖浦くんが嘘を言っているように見えなかったから」

照れくささをごまかすように、ハンドソープで手を洗いながら話題を変える。

「それに熱を出したのが、妹さんじゃなくて彼女だったとしても……私はどのみちあのとき行ってきてって言ったと思うんだ」

「ありがとう。……それと迷惑かけてごめん」

　気にしないで、と私は首を横に振った。

　ルールはできるだけ守るべきなのはわかっている。だけど、ルールのせいで選択肢が狭まって大事なときに身動きが取れないなら、その枠を飛び越えていってもいいと思う。

　私にはその勇気が出るのかはわからない。けれど、もしもそのときが来るとしたら、あのときの沖浦くんのように……。

　考え事をしていたせいで水道の蛇口《じゃぐち》を捻《ひね》りすぎてしまい、水が勢いよく出てくる。水飛沫《しぶき》が日差しに透けて、キラキラとした光の粒が舞っているように見えた。

　……綺麗。

　ぼんやりと見惚れていると、沖浦くんの焦ったような声が響いた。

「紺野、水すげぇかかってる！」

「え？　あ、本当だ！」

　いつのまにか手についた泡は流れ落ちていて、私の髪やシャツは濡れてしまっている。沖浦くんが水を止めてくれて、私は呆然と濡れている自分を見つめた。

「髪」

「え？」

沖浦くんの手が伸びてきて、私の前髪が横にずらされる。

「やっぱ前髪、横に分けたらいいのに」

ぽたりと前髪から雫《しずく》が垂れた。

「その方が、見えやすいじゃん」

視界が開けて、普段見ていた学校という世界が違うものに感じる。どうしてだろう。何度も見たはずなのに。

水道のすぐ上にある窓から見える青空と、ワックスが剥《は》げた廊下の床。そして沖浦くんの日に焼けた肌に澄《す》んだ黒い瞳。

そっか、私は笑顔を隠すために俯きがちになって、視界に入っていても本当の意味で見ていなかったんだ。

「ちょっと待ってて」

沖浦くんが教室へ入っていく。

廊下に取り残された私は、びしょ濡れの手をぎゅっと握りしめる。

なんだかこの感じ、懐かしい。

小学生の頃に友達と遊んでいたとき、公園の水道の蛇口を指で塞《ふさ》ぐと、水飛沫が上がった。そんな水遊びをして、びしょ濡れになってよくお母さんに怒られていたっけ。

「ふっ」

思わず笑いがこぼれて、そしてそのまま濡れた手で顔を覆った。

高校生になって、こんなに濡れるなんて。私なにやってるんだろう。

「紺野、これ」

廊下に戻ってきた沖浦くんに気づき、私は慌てて笑みを消す。どうやらハンカチを取りに行ってくれていたようだった。

「使っていいの？」

「うん」

沖浦くんが貸してくれたハンカチは、ピンクの花柄でタグの部分に〝りか〟と油性ペンで書いてあった。この字は、たぶん沖浦くんんだ。

「かわいいハンカチだね」

「……妹の間違えて持ってきた。いいから拭けって」

恥ずかしがっているみたいで、沖浦くんは外方《そっぽ》を向いてしまう。

「うん。ありがとう」

濡れている頬や髪をハンカチで拭いていく。シャツは結構濡れてしまっていて、このまま帰るのは難しい。だけど、体育着は昨日持って帰ってしまった。

「体育着、持って帰ってるよな」

「あ、うん。そうなんだよね。少し乾くまで待つしかないかな」

「けど、着たままだと風邪引くんじゃねぇの」

帰るときにブレザーを着れば、濡れているのはわかりにくいだろうけれど、濡れたシャツはべったりと肌にくっついている。

「俺のシャツ着て帰る？」

「え……え？」

突然目の前で、シャツのボタンを外しだした沖浦くんに目を剥く。

シャツのボタンが全て外されると、沖浦くんは黒いTシャツ姿になった。そしてそのまま脱いだシャツを手渡される。

「俺が着てたし嫌だったら、着なくていいから」

「い、嫌とかじゃなくて……沖浦くんそのまま帰るの？」

五月とはいえ、半袖で大丈夫だろうか。

「別に平気」

「……じゃあ、借りるね」

私は教室のドアを閉めて、中でシャツを脱ぐ。水分を吸ったシャツは少し重くなっていた。そして、沖浦くんから借りたシャツに腕を通す。肩幅も袖も私よりも大きくて、服に着られたようにだぼっとしていた。

袖は三回ほど折って、シャツの裾はスカートの中に入れる。上からブレザーを着たら、なんとかいける気がする。とはいえ、やっぱり襟《えり》が大きい。

それでも濡れたシャツで帰るよりは、ずっとありがたい。

自分のシャツは濡れていない部分を外側にして折り畳んで、鞄の中に入れる。

「沖浦くん、シャツありがとう」

廊下で待ってくれていた沖浦くんに声をかけた。私の姿を見て、眉を下げながら微かに笑う。

「やっぱデカいな」

大きすぎるシャツは袖口を折っても、ブレザーからはみ出ている。不格好かもしれないけれど、それでも沖浦くんの思いやりが嬉しくてくすぐったかった。

教室に置いていた鞄を持って、私たちは昇降口へ向かう。この間の下校よりも、今日は心が軽い。

会話はまだ少ないけれど、無言がそこまで苦しくなかった。それは沖浦くんのことを、知ることができたからかもしれない。

「そうだ」

昇降口で靴を履き替えようとしていると、沖浦くんが声を上げた。

「言っておきたいことがあったんだ」

「え？　……なに？」

「変じゃねぇよ」

突然のことに、なににについてなのかがわからず固まる。そんな私に、沖浦くんは柔らかな表情のまま言葉を続けた。

「紺野の笑顔」

どくりと心臓が跳ねる。いつ私の笑顔を見られたんだろう。もしかして水道のところで？　気が緩んでいたせいだ。

――コンの笑った顔、変じゃね？

あんな表情を沖浦くんに見られていたなんて最悪だ。

「紺野」

自己嫌悪に陥っていた私の思考を引っ張り上げるように、沖浦くんが名前を呼ぶ。

「過去に傷つけることを言ったやつがいたのかもしれねぇけど、紺野の笑顔は変じゃない」

その言葉をすんなりとは受け取れない。だって、私の笑った顔はみんなみたいに綺麗じゃない。自分でもそう思うほどだ。

「てか、笑いたいって思ったときは笑ってほしい」

「なん、で……そんなこと……」

私に同情して言ってくれているの？

「俺が紺野の笑った顔、見たいって思ったから」

手に持っていた靴が落ちて、床に転がる。

きっと私のことを気遣って言ってくれているのかもしれない。

しゃがんで靴を拾いながら、私は明るい声で返す。

「ありがとう！　そう言ってもらえて……」

沖浦くんが同じようにしゃがんで、私の顔を覗き込む。

「無責任な誰かの言葉のせいで、自分の心を苦しめる必要なんてないって俺は思う」

目を逸らしたくなるほど、沖浦くんの言葉は真っ直ぐだ。

ごまかしは利かない。私は靴を並べて置いてから、膝を抱えて座る。

「……自信が、ない」

情けないほど弱々しい声が出た。

「何度鏡で見ても、自分の笑った顔は変だって思っちゃう。でも本当は……」

笑顔を見られることを気にして隠す自分も嫌だ。

そう言いかけて、我に返る。

こんなことを打ち明けられても、沖浦くんを困らせるだけだ。顔を上げて隣を見ると、視線が交わった。

「紺野は顔を隠す癖、直したい？」

「……直せたら、いいなとは思うけど」

だけど簡単なことじゃない。私に染みついた癖を、心に負った傷を綺麗になくすことができる想像がつかなかった。

「じゃあ、俺の前で少しずつ直す練習したら」

両手を握りしめながら、私は目をぱちくりとさせる。

「いきなりじゃなくて、少しずつでいいから」

沖浦くんは、私の笑顔を変じゃないと言ってくれた。同情かと思ったけれど、沖浦くんは本気で私に寄り添おうとしているように感じられる。

なにも答えられないでいると、沖浦くんが立ち上がった。そして私に手を差し伸べてくる。

「日が暮れる前に帰ろう」

「……うん」

沖浦くんの手に、指先をのせた。そのまま手を掴まれて、引っ張り上げられる。

沈んだ心が、ふわりと浮いたような気がした。

癖を直す練習、できるだろうか。

沖浦くんの背中に向かって、ほんの少し口角を上げてみる。

けれど落ち着かなくて、すぐに手で隠すように前髪に触れた。

結局、沖浦くんには癖を直す練習をするのかしないのか、答えられなかった、夜、洗面台の前で歯磨きをしながら、鏡に映る自分の顔をじっと見つめる。

練習したら、手で隠さないことに慣れるかな。私も普通に笑えるかな。ううん、でも、笑顔が変わるわけじゃない。

やっぱり癖を直すなんて、無理かも。

それに直そうと考えるほど、顔が強張って笑い方を忘れそうになる。

「ねえ、八枝」

お母さんが、洗濯機から白いなにかを手に持って話しかけてきた。

「このシャツ、お父さんのじゃないし、なにか知ってる？　それにこのハンカチも」

しまった。沖浦くんのシャツとハンカチのこと、お母さんに話すのを忘れていた。

「あ……えっと、それ借りたの！」

「借りた？　どうして？」

不審そうに眉を寄せたお母さんに、私は放課後のことを早口で説明する。

「水道の水を勢いよく出して、私のシャツが濡れちゃって！　だけど体育着持ってなかったから、クラスの子が貸してくれたの」

事情を話し終えても、お母さんの表情は曇ったままだ。

「八枝、なにか悩んでることとかない？」

「え、なに急に……」

もしかしたらシャツが男の子のものだから、勘違いされたのかもしれない。

「違うならいいんだけど」

「本当に、ただ困っていたら貸してくれただけだよ」

なにかあったんじゃないかと疑いたくなるお母さんの気持ちはわかる。高校生にもなって、水道の水で濡れてクラスの男子のシャツを借りることなんて、なかなかない。

「八枝とペアの子って、男の子よね？」

「え、うん。そうだよ」

「やっぱり同性との方がよかったんじゃない？」

時々保護者が、異性でペアになるのを反対することがあるそうだ。

なにか問題があるわけではないのに、学校に連絡されて注目を浴びてしまうのは避けたい。それに沖浦くんとのペアを変えたいとは、今は思っていない。

「どうして急にそんな話するの？」

「ペアになった相手の影響で窃盗を繰り返して、自殺未遂をした子の話がニュースで取り上げられてたから……」

今日、咲羅沙が言っていた記事のことだ。近くの高校の話だから、お母さんも不安になったのかもしれない。

「素行の悪い子とペアを組まされるなんてかわいそうよね。八枝の相手は大丈夫？　なにかあったらちゃんと言うのよ」

「……大丈夫だよ。特になにも問題ないよ」

「そう？　それならいいんだけど」

お母さんが私を心配してくれているのは伝わってくる。でもまだなにか探るような目で見られている気がして、心の中がモヤモヤした。

気分が晴れないまま、ベッドに横になる。今日は私の中で怒涛《どとう》の一日だった。起こったことを思い返していると、鞄に入れたままだった自画像の存在を思い出す。

ベッドから起き上がって、部屋の電気をつけると鞄のチャックを開ける。

丸まった自画像と折り畳んだ評価表。その二枚を取り出して、机の上に置いた。

ちょうど私の桜の絵と、沖浦くんが描いた花丸が見える。

【もっと紺野の絵が見てみたい】

評価表には、そう書いてあった。ただのお世辞かもしれないけれど、それでも私は沖浦くんの言葉が嬉しかった。

椅子に座って、メモ帳を取り出す。

【シャツとハンカチ、貸してくれてありがとう】

メッセージを書いてから、私は花瓶に飾っているライラックの絵を描いてみる。

月曜の朝になったら、この勇気は跡形もなく消えてしまうかもしれない。だけど、このまま勇気が消えなかったら、返すときに添えてみようかな。

翌日の土曜日、乾いた沖浦くんのシャツとハンカチにアイロンをかけた。慣れないからスマホでやり方を検索しながらだったけれど、皺を伸ばすことはできた気がする。畳んで袋に入れてから、昨夜書いたメモを手に取る。

こんなのもらっても、困るかな。

昨夜芽生えた勇気がしぼみかけていた。メモを握りつぶそうとして、手を止める。

『なんでくしゃくしゃにすんの』

私が自画像を見せたくなくて、衝動的にくしゃくしゃにしてしまったとき、沖浦くんはそんなふうに言っていた。

お礼のメッセージを添えるのは、変なことじゃないはず。私が重たく考えすぎているだけかもしれない。そう言い聞かせて、メモを袋の中に入れた。

月曜日の朝、鞄を抱えるようにして玄関へ向かう。鞄の中には、沖浦くんから借りたシャツやハンカチを入れた袋が入っている。満員電車で潰れないように気をつけなくちゃ。

玄関の壁にある鏡に視線が向く。そこには前髪が目にかかっている私の姿。

『前髪、横に分けたらいいのに』

沖浦くんの言う通り、分けてみようかな。

そっと前髪に触れて、右側に分ける。

それだけで視界が普段よりも広がった気がする。だけど、普段と変えるのはちょっと落ち着かない。

大丈夫かな。変って思われないかな。

……でも今日だけ、やってみたい。似合わないって言われたら、後で直せばいいよね。

緊張しながらも、今日は前髪を分けて登校することにした。

ちょっと髪型を変えただけなのに、そわそわしてしまう。

一年の教室がある廊下を歩きながら、私は何度も前髪に触れた。

誰も私のことなんて見ていない。わかっているけれど、周囲の視線が気になる。

だけど、普段よりも明るい世界に見えるのは、少し気分がよかった。

教室に入ると、私の前の席に座っている有海が振り返る。そして私のことを見て、目をわずかに見開いた。

「おは……えー！　八枝、今日なんか雰囲気違うね！」

「そうかな」

平静を装いながらも、心臓の鼓動は速くなり動揺していた。おかしいって思われていたらどうしよう。

こちらにやってきた咲羅沙が、私の前髪に手を伸ばす。

「前髪、いつもと違うね。分けた方がかわいい」

「あ、本当だ！　前髪が違う！　こっちの方が似合うよ！」

有海と咲羅沙の発言に硬直してしまう。褒めてもらえるなんて、予想もしていなかった。

「ありがとう」

微かに笑みを浮かべる。けれど、やっぱりその表情を見られるのは怖くて、すぐに私は前髪を気にするフリをして、手で目を隠した。

中学生の頃とは違って、騒ぐ人もいない。あの頃は、ちょっとしたことでからかわれた。

私が髪を結んだだけで、わざとヘアゴムを取ったり、そのヘアゴムを指にかけて鉄砲みたいに飛ばしてくることもあった。

　クラスの女子は、好きだからからかってるんでしょと笑っていたけれど、からかう男子本人は『コンの反応が笑えるから』と言っていた。

どんな理由だったとしても、受け入れられるものじゃない。なにかされるたびに怯えて、心が凍っていくような感覚に陥っていた。

　髪型やカーディガンの色、新しい文房具や、鞄につけるキーホルダー。些細《ささい》なことを指摘されて、どんどん萎縮していった。

　だけど、今はもうその環境じゃない。過去に囚われていただけで、誰も私をからかってこない。そう思うと、心が軽くなっていく。

　廊下を歩いていると、前方からやってくる沖浦くんと目が合った。すると、沖浦くんは自分の額を指さす。

「似合う」

　それだけ言って、通り過ぎていく。前髪のことを気づいてもらえて、似合うと言ってもらえたことが嬉しい。緩む頬を手でそっと隠した。

　沖浦くんのおかげだよ。そう伝えたい。

　借りたシャツとハンカチを返したいけれど、いつ渡そう。教室ではみんなの目がある。見られたら変な誤解をされるかもしれない。さっき引き留めたらよかったかかな。

タイミングを見計らっていると、時間はどんどん過ぎていった。

早く渡したいと思っていたのに、放課後になってしまった。クラスメイトたちが教室からどんどん出ていく。

立ち上がって、沖浦くんの席がある廊下側を見やる。友達と喋っていて、すぐに出ていく気配はなさそうだった。不意に目が合って、「沖浦くん」と言いかけて口を閉じる。

まだ人も多いし、目立ってしまうかも。

「八枝〜、掃除早く終わらせちゃおー」

有海が気だるげに言いながら、椅子を机の上にのせた。

「あ、うん。そうだね！」

すっかり忘れていた。今週は私の列が教室の掃除当番だ。掃除が始まると、沖浦くんたちは喋りながら教室から出ていく。

箒《ほうき》でゴミをはきながら、ため息が漏れそうになる。

……渡せなかった。

机の中に入れておこうかな。でもそれで紛失してしまったら？　やっぱり借りたものだから、直接返したい。

「私先行くね！　じゃ、またね～」

「部活頑張ってね、有海」

掃除が終わると、有海は部活があるので急いで教室から出ていった。

私は鞄を机の上に置いて、中に入れたままの袋に視線を落とす。

連絡先、聞いておけばよかった。そしたら沖浦くんの都合のいい時間に渡せる。だけどただペアなだけなのに、連絡先を聞いてもいいのだろうか。

「掃除終わった？」

振り返ると、教室の後ろのドアの前に沖浦くんがいる。

「え……どうして」

てっきり帰ったと思っていた。

「さっき、俺になにか言おうとしてたのかと思って。……違った？」

違わないと首を横に振る。些細な動作も見落とさずに、気づいてくれたんだ。

「借りたものを返したくて！　この間はありがとう」

鞄の中から袋を取り出して、沖浦くんへ渡す。袋の中身をちらりと見た沖浦くんは、納得したように頷いた。

袋の中から正方形の紙を取り出すと、沖浦くんはそれをまじまじと見つめる。

「これ、なんの花？」

お礼のメッセージに添えた、花の絵のことを言っているのだろう。目の前で見られるのは、緊張する。

「ライラックって花で……部屋にちょうどあったから」

「へえ。初めて聞く花。てか、部屋に花飾ってんの？」

「うん、お母さんが生花店で働いてるんだ。それで時々家に飾るために買ってきてくれるの。紫色のライラックでね、甘くていい匂いがするんだ」

沖浦くんと視線が合って、目を逸らしてから慌てて唇を結ぶ。聞かれてもいないことまで、話しすぎてしまったかも。

「花、好きなの？」

「え？」

「楽しそうに話してたから」

自分の表情を確認するように頬をなぞる。

私、楽しそうだった？　無意識に笑ったりしていないかな。

不安になるけれど、でも沖浦くんになら見られても、馬鹿にされたりしない。そう考えて、自分の心境の変化を改めて実感する。

男の子は苦手で、特に沖浦くんは中学の頃にからかってきた男子に似ているから余計に苦手意識があった。

でもあの男子と、沖浦くんは全く違う。

沖浦くんは私を笑ったりしない。私の好きなものを口にしても、否定的なことを言ったりしない。だから私は、素直に頷くことができる。

「……うん、好き」

私の目の前にずっと消えずにいた中学の頃の残像が、ほんの少しだけど薄まっていく。

「また今度、描いたら見せて」

「沖浦くん、花の絵好きなの？」

「紺野の絵が好き。だから、今度また見せて」

沖浦くんの瞳は、真っ直ぐに私を映している。

教室の中に埋もれてしまうほど目立たない生徒、それが私だった。いてもいなくても、親しい友人たち以外に気づかれることはほとんどない。

だけど、沖浦くんといるとその他大勢ではなくて、紺野八枝として見てもらえていると感じる。

「あの……」

ためらいながらも、私は勇気を出して口にする。

「連絡先、教えてください」

心臓の鼓動が全力疾走でもしたように激しくなっていく。

断られたらショックが大きいけれど、それでも今しか聞くタイミングがない気がした。

「えっと、その、絵を描いたらメッセージで送ろうかなって思って！　それに課題のこととかで連絡が必要になるかもしれないから」

言い訳のように言葉を並べていく。すると、沖浦くんはブレザーのポケットからスマホを取り出した。

「そういえば、交換してなかったな」

困った様子もなく、私と連絡先を交換することに抵抗がなさそうに見えてほっとする。

すぐにスマホのメッセージアプリに【沖浦一樹】という名前が追加された。

自分から誰かに連絡先を教えてと言うのは初めてだったので、まだドキドキしている。だけど、勇気を出して聞いてみてよかった。

「紺野、もう帰る？」

「うん」

ふたりで教室を出ると、私は立ち止まって沖浦くんの後ろ姿を見つめる。

ほんの少しだけ口角を上げた。

震える手をお腹のあたりで、ぎゅっと握りしめる。

たったそれだけのことで、心臓が張り裂けるんじゃないかと思うほど大きく跳ねた。

みんなは普通に笑っているのに、それが私には難しい。癖をなくすのは、簡単なことじゃない。

「どうした？」

沖浦くんが、立ち止まって振り返る。

「忘れ物？」

「ううん、なんでもない」

私は小走りで沖浦くんのもとへ向かう。

見られていないとはいえ、隠さずにいられたことは大きな一歩だった。

三章　15%

六月に入ると、私の部屋にはカンパニュラという白くて小ぶりな花が飾られた。

ノートにシャーペンでカンパニュラを描いていく。風鈴のようにふっくらとした花で、かわいらしい。

描き終えてから、写真を撮る。沖浦くんにこの絵を送っても大丈夫かな。

沖浦くんと連絡先を交換したものの、一度も連絡を取っていない。これが初めてのメッセージのやり取りになる。

画像を選択したまま、送信ボタンを押すか押さないか迷う。

親指があと数ミリで送信ボタンに触れそうになったときだった。通知が鳴って、びくりと震える。

「あっ」

親指が触れたらしく送信を押してしまった。しかも画像だけ送ってしまったので、なにか言葉をつけないと。必死に考えるけれど、【今月の花、カンパニュラです】とだけ打つのが精一杯だった。

【相変わらず上手い。これ、小さい虫とか食うやつ？】

すぐに返信が来て、手に持っていたスマホを落としそうになる。

そして、内容を読んで緊張が解けていく。食虫植物と誤解しているみたい。

【違うよ。こういう花だよ】

私は机の上に飾っているカンパニュラの写真を撮って、沖浦くんに送る。

【白い花なんだな。てか、紺野の絵すげぇ上手い。そっくり】

【紫やピンクもあるよ。ありがとう】

沖浦くんとのメッセージのやり取りは、気がつけば日付が変わる頃まで続いていた。花の絵から始まって、課題のこと、今日食べたものの話。送る前はあんなに緊張していたのに、話し始めると不思議と話題がどんどん出てきた。


翌日は、いつもより遅く寝たからか少しだけ眠かった。

昼休みになると、咲羅沙が私と有海の腕を引っ張って「今日は別の場所で食べよ！」と廊下へと連れ出す。

なにか事情がありそうだった。気になって、眠気が一気に吹き飛んでいく。

中庭へ出ると、私たちは空いているベンチに座った。

「なになに、どうしたの？」

有海が聞くと、咲羅沙が周りに人がいないことを確認してから口を開く。

「教室の空気、すごい重くない？」

私と有海は顔を見合わせて、首を傾げる。

「え、ふたりとも気づかなかったの!?」

「特に……ねえ、八枝」

「うん、私もわからないや」

咲羅沙は周囲との交友が広くて噂話に敏感だ。だからなにか起こるとすぐに気づくのかもしれない。

「実はさ、石上と草壁さん、別れそうなんだって！」

石上くんと草壁さんといえば、私たちのクラスで付き合いだした第一号と言われていた。目立つふたりで、付き合った当初は他のクラスでも話題になっていたと聞いたことがある。それに、先週一緒に帰っているのを目撃したばかりだった。

「え、もう？　付き合って二ヶ月くらいじゃなかったっけ？　やっぱ入学してすぐに付き合うと、別れやすいのかな〜」

有海は苦笑しながら、コンビニのおにぎりの包みを開ける。

「それが、ペア問題だって！」

咲羅沙がペットボトルを逆さに持って、マイクのようにしながら話を進めていく。

「石上って小椋《おぐら》さんとペアでしょ？　それでふたりがよく一緒にいるからって、草壁さんが小椋さんを呼び出して文句言ったみたいで。喧嘩になって、小椋さん引っ叩《ぱた》かれたらしいよ！　それを知った石上が草壁さんに怒ったんだって〜！」

お弁当箱を開けようとした手を止める。私とは別世界の話で、本当にあの教室内でそんなことが起こっているのかと、耳を疑ってしまう。

「うわー、修羅場！　男とペアだとそういうのあるから怖いよね〜」

「ペアなんてうちらが決められることじゃないんだから、嫉妬したって仕方ないのにね」

「まあでも不安にはなるんじゃない？　彼氏が他の子と連絡取ったりしてるのって。けど、小椋さんは災難だよね〜」

　ふたりの話を聞きながら、お弁当箱の蓋《ふた》を開けてウインナーを食べる。思い返してみると、今日は普段よりも教室が静かだったかもしれない。

　そんなことを考えていると、咲羅沙が振り向く。

「八枝も気をつけてね？」

「え、私？」

「だって、クラスでも沖浦のこと好きな子いるでしょ。そういう子から見たら、八枝のことが羨ましいだろうし」

　咲羅沙の言う通りだ。クラスの中には、沖浦くんに好意を持っている子がいる。そのことは私も薄々気づいていた。もしもこの先睨まれでもしたら、一気に教室が居心地の悪い場所に変わってしまいそうで怖い。

「……気をつけるね」

なるべく目立たないように、そして沖浦くんのことを好きな子たちの反感を買わないようにしないと。

そう決意したものの、ペアであるためどうしても関わりが生まれてしまう。

新しい課題は、お互いの顔を描くというものだった。

先生はこれもコミュニケーションの一環だと言っていたけれど、顔を観察されるというのは私にとって苦痛だった。

でも課題を拒否することもできず、美術室から抜け出すことはできない。

向かい合いながら沖浦くんと座る。先に沖浦くんが私を描くことになり、視線がこちらに注がれた。私は目を合わせることができず、俯く。

どうか早く終わりますように。

無言の時間が数分続くと、沖浦くんが話しかけてきた。

「俯いた姿になるけど」

「ご、ごめん！」

顔を上げたものの、目線は下げてしまう。

周りをちらりと見ると、談笑しながら描いている人や、ポーズをとっている人もいた。どうしてみんな抵抗なくできるんだろう。

「別に笑う必要なんてないから、力抜いて」

　おずおずと視線を上げると、沖浦くんが画板を構えた。

「目、合わせるのも苦手？」

「……少し、苦手。迷惑かけてごめんね」

　高校生にもなって他人と目を合わせることが苦手だなんて、情けなかった。言われた通りに力を抜いて、目線を沖浦くんの顔と首元を行き来させる。

「前にも言ったけど、いきなりじゃなくて少しずつでいいんじゃねぇの」

「え？」

「苦手なことを急に克服するなんてできないだろ。今、できるところまででいいから」

　人前で笑うことや、誰かと目を合わせること。そうした苦手を数日で直すのは簡単ではない。

　沖浦くんにとっては何気ない一言なのかもしれないけれど、焦らなくていいと言ってもらえたみたいで顔の筋肉がほぐれていく。

　無理に普通でいようとする必要はないのかな。

　私から見える普通は、有海たちのように人前で笑えて、目が合ったらすぐに逸らしたりしない。私もああなりたい。だけど理想の自分になるのは難しい。

「あ、そうだ。横顔にする。正面から描かなきゃいけない決まりないし」

沖浦くんの言う通り、そういう決まりはない。だけど、私は正面から描くものだと思い込んでいた。

沖浦くんはすごい。私が思い込んでいたルールを、いとも簡単に飛び越えて別の道を教えてくれる。

「私も……横顔にしようかな」

真似をされるの嫌かな。言わない方がよかったかも。ひやひやしながら、沖浦くんの反応を見ると、特に表情の変化はなかった。

「じゃ、俺らは横顔をお互いに描くってことで」

沖浦くんの返答を聞き、胸を撫で下ろした。

嫌ではないみたいだ。よかった。先ほどまでの緊張が解けていく。

見られているのは落ち着かないけれど、正面から見られるよりもずっといい。

私が机の方に向くと、沖浦くんがスケッチを始める。

周囲の人たちは談笑をしているけれど、私の耳には右側にいる沖浦くんが鉛筆を動かす音だけが鮮明に聞こえてきた。

鉛筆の芯が画用紙の上で削られていく音は、滑らかで優しい。難しいことは考えずに、ただその音に耳を澄ます。不意に壁にかかった時計を見やると、いつのまにか十分が経過していた。

「できた」

沖浦くんが画用紙を私の机の上に置く。描かれた自分の横顔を見て、私は息を呑んだ。

横顔というには、あまりにも大きく描かれていて、私の頭は画用紙からはみ出ている。だけどその分、それぞれのパーツも大きく描かれていた。

特に瞳に透明感がある。光の差し込み方が上手で、蛍光灯の明かりまでも表現されていた。

私だけど、私じゃないみたい。

「どう？」

「……すごく上手」

もっと表したい言葉はたくさんあるのに、上手く出てこない。

けれど沖浦くんは私の返しが素っ気ないことに嫌な顔をせず、ニッと歯を見せた。

「それが俺から見た紺野」

画用紙に描かれているのは確かに私だ。でも、信じられない。

私はこんなに柔らかい表情をしていた？

笑っているわけではない。だけど、なにか嬉しいことを考えているような様子が伝わってくる。沖浦くんの鉛筆の音が心地よくて、もっと聞いていたいと思っていたからだろうか。

「次は紺野の番な」

「うん」

まずは沖浦くんの横顔を観察しながら、白い画用紙にどう描くかを考えていく。眉と目の間は狭く、尖った鼻先から顎までがすっきりとしている。凛《りん》とした雰囲気が醸し出されていて、綺麗な横顔。

机の上に置かれている肘あたりまでを画用紙に収めることに決めて、輪郭を流れるように鉛筆で描いていく。

全体をざっくりと描いてから、サラサラで艶のある髪を表現する。まつ毛はほんの少し上向きで、首にはふたつ並んだほくろがある。こうして観察しなければ、知る機会はなかった。

見つけた特徴をできる限り描き込んで、沖浦くんと見比べる。

線が多すぎたかもしれない。それにもう少し大きめに描くべきだった。

「描けた？」

沖浦くんが紙を覗き込んでくる。

「あ……うん、一応……」

あまり自信がなくて、声が小さくなってしまう。

私の描いた絵をまじまじと見ると、沖浦くんが感心したように声を漏らす。

「すげー……やっぱ紺野って上手いよな」

口が緩みそうになって、ごまかすように唇を噛む。

似ているって思ってくれたのかな。だとしたら、よかった。

「……そうかな」

「絵って面白いよな」

沖浦くんが描いた私の似顔絵が、隣に置かれる。並んだふたつの画用紙には、私たちの横顔。

当たり前のことだけど、目や鼻、口の形は、人によって違っている。

それぞれ持っているものは異なるけれど、たったひとりから〝変〟だと笑われただけで、私は自分の持っている形が醜いものに思えてしまう。

だけど、沖浦くんが描いてくれた私の姿は、目を逸らしたくはならない。むしろもっと見ていたい。

「こんな上手く描けたの初めてだな。自画像より上手いだろ？」

「……ありがとう」

沖浦くんが自慢げに私の横顔を指さす。

「え？」

「こんなふうに描いてくれて、嬉しい」

実際に鏡を見たら違うかもしれないけれど、それでも沖浦くんの目に映った私がこの姿なら、嫌いだった自分の顔を少しだけ好きになれる。

「紺野だって俺のこと上手く描いてくれてんじゃん。髪の光の描き込みっての？　すげぇよな。てか、髪も絵の方が綺麗だし」

「そんなことないよ。沖浦くんの髪、艶があって綺麗だから……」

「俺の髪、傷んでるけど。ほら」

沖浦くんが頭を下げて、私に髪を見せてくる。

「触ると毛先なんてパサパサ」

指先で毛先を持ち上げると、触るように促された。私はためらいながらも、手を伸ばして触れてみる。

「あ……本当だ」

毛先がちくちくとしていて、傷んでいるのがわかった。顔を上げた沖浦くんは「だろ？」と笑いかけてくる。

「塩素で傷んでるんだよ。まあでも前よりマシになったけど」

「もしかして、水泳で？」

「うん。中学の頃、水泳部だったから。それで髪が茶色っぽくなって、肌も日に焼けてる」

　健康的に焼けた肌に赤茶色の髪。それが沖浦くんの特徴で、クラスの中でもよく目立つ。

「綺麗だよね」

　ぽつりと言葉を漏らすと、沖浦くんはきょとんとした。

「あ、えっと……私は黒髪だから、沖浦くんみたいな髪の色、綺麗だなって思って……」

　迂闊《うかつ》に口に出すべきじゃなかったかもしれない。水泳の影響で色が変わったのだから、沖浦くんにとっては今の色が気に入っていない可能性だってある。

「じゃ、染めずにいる」

「え？」

「黒か焦げ茶っぽくするつもりだったけど、このままでいいや」

「ど、どうして？　私が余計なこと言ったから？」

　頬杖をつきながら、沖浦くんは微かに笑みを浮かべた。

「だって紺野にとっては、この色が綺麗なんだろ」

「けど、沖浦くんは色を変えたかったんだよね？」

　染めるつもりだったのに、私の一言で考えを変えてしまっていいの？

「そうだけど。でも紺野から見て綺麗だって思うなら、俺はこのままでいたいなって思っただけ」

指先に先ほど触れた髪の感触が残っている。

きっと沖浦くんなら黒や焦げ茶も似合う。だけど、日に透ける今の赤茶色の髪がよく似合っている。

「まあでも、水泳やめたし、色もだんだん変わるかもしれねぇけど」

「沖浦くんは、高校では水泳部入らないの？」

「飽きたから入らない」

和やかな空気が、一瞬でピリついたものに変わる素っ気ない返答だった。

あまり触れない方がよかったことなのだろうか。

「……ごめんね」

「なんで？」

「その……」

謝罪の理由をどう説明するべきだろう。言い方によっては不快にさせるかもしれない。考えている間に、先生が手を叩き注目を集める。

「できた人から絵を提出して、教室に戻るように！」

私たちは完成している。だけどなんとなく気まずさがあって、動けずにいた。

するとと沖浦くんが、私の横顔を描いた画用紙を持って立ち上がる。

沖浦くんが提出し終えてから、私も行こうかな。そう思っていると、沖浦くんを近くに座っている女子が引き留めた。

「今日、放課後みんなでどっか行かない？」

楽しげに放課後の予定について話している子に対して、沖浦くんはあまり気乗りしなさそうな表情だった。

「んー……今日はやめとく」

「えー、なんで？　バイト？」

「違うけど。今日は遊ぶ気分じゃないから」

気分ではないとはっきりと言えることに、やっぱり私とは違うなと思った。私は誘われたら断れないし、もしも、どうしても行きたくないとしたら用事があると言ってしまう。

「今度ペアで集まって遊ぼうよ～！　私と北沢《きたざわ》のペアと、沖浦と紺野さんのペアでさ！　ね、紺野さん！」

「え？」

突然のことに目を見開く。誘われるとは思わなかった。

「ペア同士で集まって遊ぶの楽しそうじゃない？」

「そうだね」

勢いで答えてしまったけれど、手のひらに汗が滲むほど焦っていた。

彼女と北沢くんは、沖浦くんとはよく教室で一緒にいる人たちで、明るくて外見も派手で目立つ。今までほぼ関わることもなかった。

私は沖浦くんのペアといっても、同じグループではない。一緒に遊びに行っても浮く気がする。だけど、断ることができなかった。

「本当にいいのか？」

確認するように沖浦くんに聞かれて、私は愛想笑いを浮かべながら前髪をいじる。

「うん、私は大丈夫」

全然大丈夫じゃない。私だけ場違いな気がするし、話だって合うとは思えない。だけど、ここでやめておくと言ったら、空気が凍ってしまいそうで怖かった。

「ならいいけど」

「それなら、決まりね！　計画立てるね～！」

遊ぶことが決定して、胃のあたりに冷たい感情がのしかかる。

どうしよう。だけど今さら行かないことにもできない。

手で隠した笑顔が引きつって、鈍い痛みを感じた。

翌朝、廊下で沖浦くんに呼び止められた。

「ペアで集まって遊ぶやつ、今日の放課後だって」

「あ……そうなんだ」

早速計画したのだと知り、気分が落ちていく。それに日時もすでに決まっていることに、少しだけモヤモヤとする。

「紺野の仲いいやつ誘えるなら声かけたら？　気まずいだろ」

「……うん、声かけてみるね」

本当は有海や咲羅沙がいてくれたら心強かったけれど、有海は部活の日だった気がする。それに咲羅沙はこういうのはあまり来たがらなさそうだ。けれど、聞くだけ聞いてみよう。

「あのさ、逃げ出したいときは言えよ」

「え？」

沖浦くんは身を翻《ひるがえ》して、背を向けて歩いていく。

逃げ出したいとき？　今の状況のことを言っているのだろうか。

だけど一度行くと言ってしまったのに、撤回できない。

なるべく目立たずにいよう。話題を振られたら上手く返せるか不安だけど、にぎやかなグループの人たちだから私があまり喋らなくても、きっと大丈夫なはず。

言い聞かせるようにして、私は教室に入った。

「八枝、沖浦たちのグループと遊ぶの?」

有海と咲羅沙に放課後のことを話すと、有海が意外そうな反応をした。

「うん。ペアで集まって遊ぼうってなったんだ。ふたりも一緒に行かない?」

「ごめん~。私今日部活なんだよね~。咲羅沙は?」

「私はバイト。てか、八枝大丈夫なの?」

咲羅沙がなにを言いたいのかは、想像できる。

私たちのグループに、いきなり話したことがほとんどない人が入ってくるようなものだ。気まずいし、会話だって弾みそうもない。

それに一緒に遊ぶ人たちの中には、沖浦くんに好意を抱いていそうな子もいる。

「放課後に少し遊ぶだけだから、大丈夫だよ」

「……面倒なことにならないように気をつけてね」

笑みを浮かべながら俯きがちに頷く。

空気のように過ごせますように。遊びに行くのに、こんなことを願うのは変なのかもしれないけれど、無事に放課後が終わることを願わずにはいられなかった。

放課後が来ると、自然と今日遊ぶ予定の人たちが廊下に集まりだしている。最初の話では四人だったはずだけど、いつのまにかふたり増えていた。彼らも同じグループの人たちで、やっぱり私だけ場違いのように思えた。

私は呼ばれていないけれど、彼女たちの輪に入っていっても大丈夫だろうか。

声をかければいいのはわかっているけれど、いきなり私が入っていって妙な空気になったらと想像してしまう。

『なんではっきり言わないの？』

姉の言葉が浮かんで、胃もたれを起こしたような感覚に陥る。

私をからかってきた男子に、言いたいことを言えず口を噤《つぐ》んだとき、顔をしかめられて言われたことがあった。

『お前見てると、苛々する』

自分が一番、嫌というほどわかってる。

意見を言えばいい。自分がしたいように行動したらいい。

できる人はそう言うけれど、わかっていても、それができない人だっている。

自分の言葉で誰かを傷つけたり、嫌われたり、なにかを間違えることが怖い。

「紺野」

沖浦くんが教室を覗き込んで手招きをする。

私は呼ばれたことにほっとして、鞄を手に廊下へ向かった。

六人が廊下に集まると、北沢くんが中心になって歩き始める。どうやらこのまま学校を出るみたいだ。

昇降口から外に出ると、湿気《しけ》た空気が肌にまとわりつく。先ほどまで雨が降っていたので、地面が濡れている。

「早く梅雨明けないかなー。湿気で髪やばすぎなんだけど」

「うわ！　俺、傘学校に忘れた！」

「走って取ってくれば？」

「絶対、お前ら先行くだろ」

「当たり前じゃん！　外で待ってるのやだし」

笑いながら話している彼らの少し後ろを歩く。

どこに行くのかもわからないまま、まるで置物のように無言でついていっている。

沖浦くんとペアであるということ以外、私がここにいる理由はない。それに私から話しかける勇気もなかった。

「紺野さん、ごめんね。急に誘っちゃって」

ひとりの子に話しかけられて、私は「大丈夫だよ」と首を横に振る。

「まりながさ、どうしても沖浦のこと呼びたかったみたいで」

「……そうだったんだ」

まりなちゃんというのは、美術室で沖浦くんに遊ぼうと誘っていた子だ。

「最近まりなと沖浦っていい感じで、付き合うまであとちょっとなんだけど、きっかけがなかなかなくてさ。だから、紺野さんもお願いね」

明確な言葉ではなかったけれど、おそらくそれは〝協力するように〟という意味なのだろう。

私は曖昧に笑いながら、前髪をいじる。

まりなちゃんと沖浦くんが付き合う寸前というのは初めて知った。沖浦くんと接するとき、反感を買わないように気をつけないと。

たどり着いたのは、滅多に足を運ぶことのない駅前の繁華街。そこにある黄色の看板を見上げて、顔が引きつりそうになる。

よりにもよって、カラオケに行くなんて考えもしていなかった。

仲のいい友達とすら、私はカラオケに行くことを避けていた。人前で歌うということは、注目を浴びるから。

だけど行くことが決定していて、今さら帰るなんて言えない。

カラオケ店の中に入ると、フロントでまりなちゃんたちが「フリータイムで」と店員さんに話している。

先に幹事のまりなちゃんがお金を回収して、私たちはエレベーターの中に乗り込んだ。

五階に着くと廊下は湿気と汗、タバコのような苦くて独特な匂いが充満している。小学生の頃に、お母さんと友達の家族で来た以来だった。

「あ、この曲好き～」

「わかる！　あとで歌おーっと」

流れているのは、人気の女性アーティストの曲。切ないバラードで、私も好きだけれどみんなの前で歌えない。

でも、私もなにか歌わないと空気が悪くなるだろうか。できれば、空気のようにみんなの歌声を聞く係でいたい。

先にドリンクバーで各々好きな飲み物をグラスに注いでから、五〇三と書いてある部屋に入る。大きな画面にはアイドルたちが明るく宣伝している映像が流れていた。

部屋の電気はつけられることがなく、画面の明かりとガラスのドアから差し込む廊下の光だけで薄暗い。

コの字型のソファの中心に男子が座った。空いているのは両側の端だ。

ちらりとまりなちゃんを見やると、にこっと微笑まれた。目が合っただけで、あんなにかわいく笑えるんだ。私とは違って整った綺麗な顔立ち。目もくっきりとした二重で、口も小さくて歯並びもいい。

「まりなはオーダーする係だから、電話の近くに座って」

「えー、なにその係！」

北沢くんが席を指定すると、まりなちゃんは沖浦くんの隣に座った。私は反対側の端の北沢くんの隣に座る。

「紺野さんって、いつもなに歌う？」

北沢くんが声をかけてくれて、私はびくりと肩を震わせた。

「あ、えっと……あまりカラオケって来なくて」

「マジ？　カラオケでよかったの？　他にも候補あったのに」

「え……そうなの？」

「今朝みんなに聞いて回ってたじゃん？」

今日どこに行くのかすら、ここに来るまで知らなかった。もしかしてなにか行き違いがあったのかもしれない。

「ごめんね、紺野さん。私がちゃんと確認してなかったみたい！」

まりなちゃんが申し訳なさそうに両手を合わせる。

「確認忘れって、企画者なのにそれはないだろ」

沖浦くんが注意するように言うと、北沢くんも同意するように頷く。

「紺野さん、かわいそうじゃね？」

「……そうだよね。ごめんね」

落ち込んでしゅんとしてしまったまりなちゃんの姿に、居た堪れなくなる。

私は同じグループじゃないから、聞くのをすっかり忘れていたのかも。気持ちを切り替えるように、私はテーブルに置いてあったタンバリンを手に取る。

「大丈夫。私、タンバリン係になるよ！」

できるだけ明るく、しゃらしゃらと音を鳴らしてみると、北沢くんが笑った。

「タンバリン係って初めて聞いた」

北沢くんの笑顔につられるように、まりなちゃんたちも笑ってくれて安堵する。

よかった。空気変わったかな。

だけど沖浦くんだけは、不機嫌そうな表情をしたままだ。

「とりあえず、なんか曲入れよう」

北沢くんがタッチパネルを操作して、曲を探し始める。なんとか空気を変えることは成功したみたいだった。

「うちらトイレ行ってくる～」

まりなちゃんたちが立ち上がると、腕を組んで個室を出ていった。

部屋の中で、女子は私だけ。グラスにさしたストローをいじりながら、気まずさを紛らわす。

一緒に行こうと言われても困惑しただろうけれど、こうして取り残されるのも虚しさがあった。弾かれている存在ですと、ここに残っていることで主張しているみたいに思えてしまう。

「紺野のグラスの中身、なに？」

沖浦くんがグラスを持って、私の隣に移動してきた。ひとりぼっちでいたから、気を遣ってくれたみたいだ。

「紅茶だよ。沖浦くんのは、烏龍茶？」

「コーヒー」

「ブラックで飲めるの？」

「苦いの好きだから」

「……大人だ」

甘いカフェラテにしないと飲めない私にとっては、ブラックコーヒーを平然と飲めるということが衝撃的だった。

「大人ってなんだよ」

顔をくしゃっとさせて沖浦くんが笑う。その笑顔を見ると、くすぐったい。

「さっきはありがとう」

私のために沖浦くんが、まりなちゃんに怒ってくれたのはわかっている。そのことで空気を一瞬でも重くしてしまって罪悪感があった。

「紺野はカラオケ苦手？」

「……うん。人前で歌うの緊張するから」

「なんか想像できる」

「え、そうなの？」

「あがり症っぽいじゃん」

確かにそうかもしれない。昔から黒板の前での発表が苦手で、卒業証書を受け取るときだって舞台に上がりたくなかった。小学生の頃、音楽のテストでひとりずつ歌うときもお腹が痛くなったほどだった。

「紺野は他人に見られるってことを極端に嫌がるよな」

「……こんなんじゃダメだよね」

「苦手なことくらい誰だってあるだろ」

沖浦くんにもあるの？　聞きそうになったとき、ドアが開かれてまりなちゃんたちが戻ってきた。沖浦くんは先ほどまでいた席に戻る様子はなく、私の隣に座っている。

そのことに気づいたまりなちゃんが、顔をしかめた。

「沖浦くん、戻らなくていいの？」

ちょうど他の男子たちが入れた曲が流れたタイミングで、私の声がかき消される。

「ん？　なんか言った？」

沖浦くんが私の方へと身体を傾けてきた。近い距離に驚きながらも、もう一度
「さっきの席に戻らなくていいの？」と問いかける。

「どこに座ったって自由じゃん」

その通りだけれど、私はすんなりとは頷けなかった。痛いほどに、まりなちゃんたちからの視線を感じる。

先ほどまでは、まりなちゃんの隣に沖浦くんが座っていたのに。今は私の隣に来ていて、まるでコソコソ話をしているみたいな状況になってしまっている。

石のように固まって、男子たちの歌声をただ聞くしかできない。

どうかこの時間が早く終わりますように。

「あ、誰だよ！　割り込みしたやつ！」

「いいじゃん！　次は女子の番！」

一曲目が終わると、まりなちゃんが入れた曲が始まる。

今人気の曲なので聞いたことはある。自分のかわいさについて語る歌詞で、まりなちゃんならすごくかわいく歌いこなしそうだなとぼんやり思いながら、画面を眺める。

するとと立ち上がったまりなちゃんに、マイクを差し出された。

「流行りのだし、これなら歌えるよね？　私、紺野さんとカラオケ初めてだから一緒に歌いたいなって！　二番は私が歌うからさ！」

「え？　私？」

「はい、紺野さん」

血の気が引いていく。

この曲を、私が歌う？　私とは正反対な明るくてかわいくて、自分に自信がある子の曲。ここにいる誰もがミスマッチだと思うはずだ。

イントロが流れ始めて、差し出されたマイクに伸ばそうとする手が震える。

「あ……ごめん、嫌だった？　流行りのやつなら紺野さんもわかるかなって思って……嫌だったら消そうか？」

申し訳なさそうに、まりなちゃんが眉を下げる。このままだと無言のまま曲が始まってしまう。

「紺野さん、前に学校でこの歌好きって言ってたよ！　ね？」

別の子の言葉に、まりなちゃんの表情が明るくなる。

「そうなの？　よかった！」

断れる空気でもなくて、震える手でマイクを受け取った。

歌わなきゃ。最初のフレーズって、どんな音程だったっけ。声が上擦ったらどうしよう。

焦れば焦るほど、呼吸が浅くなっていく。頭が真っ白になりそうだった。

「それ、俺も歌いたかったんだけど」

最初のフレーズが始まった瞬間、沖浦くんが声を上げる。驚きのあまり、私の「え？」という声がマイクに通ってしまった。

「マジかよ！　意外すぎ！　ちょー聞きたい！」

男子たちが笑いながら、沖浦くんにもう一本のマイクを渡して「歌え歌え」と言う。

「じゃ、俺と紺野で一緒に歌うわ」

もしかして……助けてくれた？

沖浦くんが少し棒読みのように歌いだす。それが男子たちには面白いようで、声を上げて笑っていた。

ちらりと私の方を沖浦くんが見る。私の緊張はまだ消えないけれど、沖浦くんが一緒に歌ってくれるのは心強くて、両手でマイクを持ちながらサビの部分から歌い始める。

沖浦くんの声と重なるので、あまり私の声は聞こえない。それだけで安心感があって、声も少しずつ出てくる。

二番に入り、まりなちゃんにマイクを渡そうとすると目を逸らされた。

沖浦くんと歌ったから、機嫌を損ねてしまったみたいだ。どうすることもできなくて、私は隣に座っている北沢くんに「歌う？」とマイクを渡した。

北沢くんはノリノリで歌い始めて、男子たちがさらに盛り上がっていく。だけど私やまりなちゃんたちの空気は凍りついていた。

落ち着かなくて、グラスに入っている紅茶を一気に飲み干す。

このままだとまりなちゃんたちの反感を買ってしまう。だけど協力ってどんなことをしたらいいんだろう。

曲が終わると、まりなちゃんたちが再び立ち上がる。

「飲み物取ってくるね」

個室に取り残された私は、慌てて立ち上がった。けれど、コの字型のソファなので、沖浦くんに一度立ってもらわないと出ていけない。

「ごめんね、通ってもいい？」

「飲み物？　俺が取ってこようか？」

「ううん、お手洗いに行くだけだから……」

沖浦くんが席を立つ。私はすぐにまりなちゃんたちの後を追って出ていった。

廊下を進んでいくと、ドリンクバーが見えてくる。そこにまりなちゃんの後ろ姿を見つけた。

沖浦くんの隣に座ってしまったことや、二番に入ったときにまりなちゃんにマイクを渡すべきだったこと、私の言動のせいで沖浦くんに好意を寄せているまりなちゃんに嫌な思いをさせたなら謝りたい。

「つまらなそうにしてるのに、なんで帰らないんだろ」

「空気読んでほしいよね。最初にお願いねって言ったのに、察し悪すぎ」

声を呑み込んで、足を止める。

……もしかして、私のことを話してる？

「沖浦が歌ってんだから、紺野さんまで歌わなくていいじゃん。しかも声震えてなかった？」

「震えてた！　両手でマイク持ってたし。こんな感じじゃなかった？」

「やだ、やめてよー！」

まりなちゃんが横を向いたので、ドリンクのグラスを両手で持ったのが見えた。あれはきっと私の真似だ。

「てか、さすが空気の読めない有海と仲いいだけあるわ〜」

「わかる。有海も空気読まずにうちらのグループの話題にしょっちゅう入ってくるしさー。てか、紺野さん、居心地悪くないのかね。黙ってるし、こっちも気を遣うんだけど」

「なんで紺野さんが沖浦とペアなんだろ。マジでペアの決め方わけわかんない」

「ノリが全然違うよね。他の人たちはなんかわかるわーって感じのペアだけど、あそこは余りものと沖浦くっつけられたの？って思うくらいだわ」

「しかもさ、いつも前髪いじってない？　あの仕草、かわいいと思ってんのかな」

視界が滲んで、涙が溢れないように眉間に力を入れる。そしてゆっくりと、そのまま来た道を戻っていく。

お願いねというのは、早く帰ってねってことだったんだ。空気を私は読めてなかったんだな。それに気を遣ってマイクを渡してくれたのに沖浦くんまで巻き込んで、下手くそな歌を被せちゃって最悪だ。

沖浦くんたちのグループに、私がいるのって不自然だよね。他の人たちもそう思ってるはず。

もう帰ろう。家の門限があるからとか言えば、怪しまれないよね。それまでは泣くのをこらえないと。こんなことくらいで泣きそうなのも馬鹿みたいだ。

「紺野、どこ行ってたんだよ。そっちトイレじゃないけど」

個室のドアの前には沖浦くんがいた。どうしてこんなところに立っているんだろう。

私を見ると、沖浦くんは目を見開いた。涙目になっていることに気づかれたみたいだった。

「……言えよ」

どうして泣きそうなのかと呆れられるかと思ったけれど、沖浦くんは事情を聞いてこない。それに言えって、なにをだろう。

「逃げ出したいときは言えって、今朝伝えただろ」

「……言ったらどうなるの？」

「俺がここから紺野を連れ出す」

私ひとりで帰れるよ。沖浦くんはせっかく友達と来たんだから、残っていいよ。

頭に浮かんだ言葉は喉に引っかかったまま出てこない。その代わりに、目頭からぽたりと涙が溢れてきた。

「私……っ」

沖浦くんの声音は優しくて、冷たくなった私の心に浸透していく。

まりなちゃんたちの話を聞いた後で心が弱っていたからか、普段だったら口にするのをためらうような言葉を、俯きながら口にした。

「……っ、逃げ出したい！」

急に歌声が大きく聞こえて顔を上げると、個室のドアを開けて沖浦くんが中に入っていった。廊下に取り残された私は、呆然と立ち尽くす。

けれどすぐに沖浦くんが、鞄をふたつ持って廊下に出てきた。

「行こう」

「え……あ、うん」

私の手を取って、沖浦くんが歩いていく。向かったのはエレベーターではなく、非常階段だった。

鉛《なまり》色のドアを開けて外に出ると、雑多なビルがひしめき合う景色が広がっていた。

「どこ行くの？」

「あいつらと鉢合わせたくないだろ。ひとつ下の階からエレベーターに乗る」

私とまりなちゃんたちになにかあったことを、沖浦くんは勘づいているようだ。

……泣きそうな顔でドリンクバーの方から戻ってきたのだから、気づいて当然だよね。

「ごめんね」

「なにが」

階段を下りて四階に着くと、再び室内に入った。腕を掴んでいた手が離れて、私は熱が残るそこに触れながら言葉を続ける。

「私、場違いなのに参加しちゃって」

「誘ったのはあいつらなんだから、謝ることじゃないだろ。それに、場違いってなんだよ」

「私、話題とかも振れないし、あんまり空気読めてなかったから……」

沖浦くんから苛立ちを感じて、必死に言葉を探した。けれどいい言葉がなにも浮かばない。

エレベーターに乗り込み、沖浦くんがため息をつく。

「紺野の言ってることが俺には全くわかんねぇ。無理して話題振ることもないし、空気読めてないとか思ったことないけど」

エレベーターが一階に着くまで、私たちは狭い箱の中でずっと無言だった。

外に出ると、空は薄暗くなっている。けれど、看板の眩しい光で、辺りは明るい。スマホを見ながら歩いている女性に、声をかけている男性。お店を探している様子で歩いている大学生らしき人たち。エプロン姿の女性は居酒屋のプレートを持って宣伝していて、スーツを着た男性たちは吸い込まれるようにその居酒屋へ入っていく。道には枝豆やティッシュ、お酒の空き缶などのゴミが転がっているけれど、誰も見向きもしない。

繁華街は、私にとって異質な光景のように思えた。

「こっち」

ぼんやりと辺りを観察していた私の腕を軽く掴むと、沖浦くんが歩きだす。繁華街を抜けると、見慣れた駅が見えてきた。

冷静に考えてみると、沖浦くんとふたりで出てきてしまったから、まりなちゃんを怒らせるかもしれない。

だけど……。

まりなちゃんたちの言葉を思い出すと、胸が痛む。

私はあんなふうに陰で言われてまで、いい顔をしていたいんだろうか。

「歌のとき、変だなって思ってた」

〝変〟という言葉が、心に突き刺さる。

「……そうだよね。みっともないよね。あれなら歌えないって言うべきだった」

「は？　そういう話をしてるわけじゃねぇんだけど」

沖浦くんが眉間に皺を寄せて私を見た。言葉の意味を私が間違えて受け取ってしまったみたいだ。

「てか、みっともないってなに。別にそんなことなかったけど」

「歌うの慣れてなくて震えちゃってたから……」

「あいつら、紺野が歌いそうにない曲を無理矢理歌わせようとしたんじゃねぇの？」

その指摘に、どきりとした。

「……どうだろう」

わかんないやと乾いた笑いを浮かべながら、顔を隠すように俯いた。

「あのなあ！　あーもー……こっち来て」

むしゃくしゃしたように頭をかくと、沖浦くんが私の腕を引っ張って、駅の近くのベンチへと連れていく。木製の座板は年季を感じるほど褪《あ》せて、脚の部分はメッキが剥げていた。

「座って」

「う、うん」

私が座ると、沖浦くんも隣に腰かけた。

なにかを怒られるのかとビクビクしていると、「紺野」と私の名前が呼ばれる。その声に苛立ちは感じられなくて、おずおずと視線を向けた。

「もっと自分の傷とか感情に目を向けろよ」

沖浦くんからは心配の色が見える。どうして彼がそんなことを言い出すのか、私にはわからなかった。

「他人の目が気になったり呑み込む癖を、直すことが難しいのはわかる。けど、向けられた嫌な感情に見て見ぬフリをしてやり過ごすのは、自分を傷つけてんのと同じだと思う」

空気を重たくしないように耐えて平気なフリをして、乗り切るのがなにより大事。私はずっとそう思っていた。だけどそんな考えが私自身を傷つけていた？

「自分に悪意を向けてくるようなやつに、無理して合わせる必要ねぇだろ。もっと自分を守れよ」

「っ、自分を守るって……わかんないよ」

私はなにを変えたらいい？　自分を傷つけない方法ってなに？　だってあの場でカラオケに行きたくないって言っていたら、空気を悪くしたはず。マイクを渡されたときだって、他の選択肢が浮かばなかった。

心がぐちゃぐちゃになって、再び涙が出そうだった。

「大丈夫じゃないのに、大丈夫って言うな」

沖浦くんの言葉が私の心を抉る。けれど、本気で私を思って言ってくれているのだと伝わってくる真剣な眼差しだった。

「自分に嘘つくなよ」

昔から私は心に本音を閉じ込めて、大丈夫なフリをすることに慣れていた。

笑顔を変だとからかわれたときも、泣きたいくらい嫌だったのにこらえて、みんなの前ではなんともないフリをした。

今日だってそうだ。

お願いねって、言われたってわからないよ。早く帰ってほしいなら、最初から誘わないでほしかった。

私、あの曲を歌えるなんて一度も言っていないのに、どうしてあんな嘘をつくの？　自分から二番を歌うって言ったのに、マイクを渡そうとしたら目を逸らすのはどうして？

「っ、悔しい」

考えないようにしていた感情が、どんどん湧き上がってくる。

「こんな自分で……悔しい！　言い返したかったのに、なにも言えなかった」

自分の陰口を言われて黙って去ったこと。有海についてもひどいことを言われていたのに、怒れなかったこと。

「なんで私、こんなんなんだろう。怒ると言葉よりも涙の方が出てくるし、誰かに怒りをぶつけるのも怖い」

それに自分の言葉にも自信が持てない。

泣いてばかりで、本当の自分を隠してばかりで嫌になる。

「沖浦くんに連れ出してもらえなかったら、あのまま耐えてたと思う」

「けど、最後に決めたのは紺野だろ。だから紺野はちゃんと自分の意見を言えるんだよ。ただ、言うまでに勇気が必要なだけ」

涙がぴたりと止まる。励ましてくれているのかもしれない。

逃げたいと口にしたのは私だけれど、言えたのは沖浦くんのおかげだ。

でも、勇気を出せばちゃんと自分の意見を口にできると言ってもらえると、本当にそうなのかもと思えてくる。

沖浦くんに言われるまで、私自身が自分を傷つけているとは思わなかった。

それに空気を読むって大事なときもあるけど、呑み込みすぎるのもよくないということにも気づかせてくれた。

「私……自分に自信が持てるようになりたい」

涙で濡れている頬を手の甲で拭う。

そしたら、人前でだって笑えるようになるかもしれない。

「紺野が自分を好きになれたらいいな」

「え……」

「それが自信にも繋がるんじゃねぇの」

沖浦くんの言う通りだと思う。だけど、それは私にとって簡単なことじゃない。

「難しく考えんなって。好きなところは他人と比べる必要ないしさ」

「……うん」

誰かと比べたりせずに、いつかほんの小さなことでも自分の中に好きが見つけられるだろうか。

私たちはベンチから立ち上がり、駅の方へと歩いていく。すっかり日は落ちていた。

「沖浦くんまで途中で帰らせちゃってごめんね」

「そんなこと気にしなくていいから」

「でも、フリータイムの料金まで払ってたのに」

「どうでもいいって」

本当に？という言葉を呑み込む。これ以上謝ったら、怒られそうな気がした。

「……連れ出してくれて、ありがとう」

「俺が無理に遊びに連れてきたようなもんだし」

「違うよ。……私が誘われたとき断らずに行くって言ったんだよ。だから沖浦くんのせいじゃない」

まりなちゃんたちのことについては、完全に心が晴れたわけではない。けれど、沖浦くんが連れ出してくれて、こうして会話をしたおかげで先ほどよりも前向きになれていた。

その日の夜、沖浦くんからメッセージが届いた。

【これ、帰り道で見つけた。今度描いて】

それは薄紫色の紫陽花の画像だった。私は画像を見ながらノートに描いていく。おまけでカタツムリを葉の上に描いてから、写真を撮って沖浦くんに送った。

すると、すぐに返事が来た。

【すげー、描くの早いな。カタツムリも上手い！】

遊び心で描いたカタツムリに、気づいてくれて嬉しくなる。

【待ち受けにしていい？】

私の絵を待ち受けに？

誰かに待ち受けにしてもらうのって初めてだ。私は【いいよ】と返事をする。

あ……見つけた。好きなところ。

自分の絵が好き。上手い人なんてたくさんいるし、特別なものなんてなにもないけれど、私の描く絵が好きだ。

些細なことだけど、自分の中に好きを見つけられた。きっとこういうことでもいいんだよね？

ノートの上に描いた紫陽花を指でなぞり、口角が僅《わず》かに上がる。すぐに我に返り、俯いて前髪に触れた。

笑えるようになりたい気持ちと、笑うことに抵抗がある気持ちがぐちゃぐちゃに入り乱れている。いつか周りの目を気にせず、心から笑える日が来るのかな。

四章　20％

「はぁ～、疲れた～！　もう無理。これからカレーとか作りたくない」

「私も……脚疲れた……」

ぐったりと座り込んだ咲羅沙の隣に、私も座る。

七月に入り、期末テスト後に野外炊飯の行事がやってきた。

今日は早朝から山を登り、自然に囲まれたキャンプ場でお昼ご飯のカレーを班ごとに作る予定だ。

「ね、見て見て！　向こうの景色めちゃくちゃ綺麗！」

有海は疲れた様子もなく、はしゃいで動き回っている。さすが運動部。体力があるなぁと感心する。

「元気すぎでしょ、有海」

「ふたりは体力なさすぎなんだって！　てか、そろそろ準備しないと！　行こうよ！」

私と咲羅沙はゆっくりと腰を上げた。ふくらはぎは張っていて、脚が重い。普段運動をしないので、一時間以上山を登るのはかなりきつい。

「八枝のペアって、何班だっけ」

「私は一班だよ。咲羅沙たちは、三班だよね？」

「そうなんだよね。メンバーがちょっと不安」

「誰と一緒なの？」

咲羅沙は声のトーンを落として、耳打ちしてくる。

「まりなのペア」

……まりなちゃん。私はカラオケの一件があったので、一緒の班にならなくてよかったと思っていたけれど、咲羅沙もなにかあったのだろうか。

「どうして不安なの？」

「まりながさ、有海に対して当たり強いなーって思うことがあって。野外炊飯の打ち合わせで集まったときも、素っ気なかったしさ」

「……そうなんだ。なにも起こらないといいんだけど……」

カラオケでまりなちゃんたちが私のことを陰で話していたとき、有海に対しても不満を抱いているようだった。

「有海はあんまり気にしてなさそうだから、喧嘩とかにはならないんだけど周りがひやひやしちゃうんだよね。八枝もこないだ巻き込まれてたけど、大丈夫だった？」

「私、巻き込まれてた？」

「だってペアで遊ぼうってやつ、まりなは沖浦を呼ぶために八枝に声かけたの丸わかりだったじゃん」

まりなちゃんの思惑は、咲羅沙にはお見通しだったみたいだ。今思うと私が断れなさそうだから、あの場で誘ってきたんだろう。

「あの日私、途中で帰ったんだ。その後も特に関わってないんだよね」

「そうだったんだ。でもまあ、その方がいいと思う。沖浦とペアだからって変に敵視されても面倒だしさ」

あれから、まりなちゃんたちが私に声をかけてくることはなかった。

先に帰ったことについてなにか言われるかと思ったけれど、お互い連絡先も知らないためメッセージが来ることもない。教室でも席が遠いこともあり、一切関わることがないままひと月が経った。

ほっとしたけれど、気まずさは残ったまま。だけど、先に帰ったことを謝る気が今は起きなかった。あの遊びは、まりなちゃんたちにとっては、もともと私の存在は邪魔だったのだから。

『自分に悪意を向けてくるようなやつに、無理して合わせる必要ねぇだろ。もっと自分を守れよ』

沖浦くんの言葉をあれから何度も思い出して、自分がどうするべきかを考えた。

まりなちゃんたちと友好的な関係でいたいけれど、自分自身を傷つけたいわけじゃない。これ以上関わっても、また傷つくだけだから極力距離を置くのがお互いの平和のためだ。

こんなふうに考えられるようになったのは、あの日沖浦くんが自分に嘘をつくなって言葉をかけてくれたからだ。

キャンプ場のすぐ横にある野外炊飯場に集合し、班ごとに作業に移る。メニューはカレーで、ルーを作る人とご飯を炊く人に分かれることになった。

私と沖浦くんはカレーのルー担当で、まずは野菜から準備していく。

私がじゃがいもの皮を剥いていると、沖浦くんは素早い包丁さばきで玉ねぎをくし切りにしていく。包丁がまな板に当たるリズムが心地よい。慣れている人が出す音だ。

「料理、好きなの？」

私の質問に、沖浦くんは一瞬動きを止めた。

「……わりと好きな方」

表情が硬く、どう答えるか迷いが見えた。聞かれたくなかったのかもしれない。

沖浦くんは口を閉ざして、玉ねぎを切るのを再開する。

迂闊に聞いてしまったことを後悔しながら、皮を剥き終わったじゃがいもを一口大に切る。

「紺野はあんま料理しねぇの？」

人参を切り終わった沖浦くんが、私のまな板の上のじゃがいもを見つめている。

「……やっぱりわかる？　じゃがいもの大きさバラバラになっちゃった」

「まあ、味さえ美味しくできればいいだろ」

料理はあまりしないとはいえ、野菜を同じ大きさに統一して切るのって難しい。

かまどの火を沖浦くんに起こしてもらってから、鍋に油を少しだけ入れて熱して、まずはお肉を炒める。

「肉の色変わったら、野菜入れて」

赤い部分が茶色に変化したのを見て、私は玉ねぎと人参、じゃがいもを鍋に入れた。

湯気にのってほんのりといい匂いがしてきた。

沖浦くんが玉ねぎを薄く切ってくれたおかげで、火の通りが早い。

「じゃがいも、もう少し小さく切るべきだったかな？」

「いや、崩れやすくなるからこのくらいでいいんじゃね」

「そっか、それならよかった」

炒め終わると沖浦くんは鍋に水を入れて蓋をした。レシピを見ながらでないと作業ができない私に対して、沖浦くんはレシピを見ることなく作業を進めていく。

蓋を開けると湯気がふわっと立ち上る。中を少し覗くと、ぶくぶくと小さな泡と薄茶色の膜が張っていた。

「紺野、灰汁《あく》取りする？」

「うん、してみる！」

おたまで薄茶色の灰汁をすくう。沖浦くんは小さなボウルに水を張ってくれていて、そこでおたまを洗って、灰汁を取ってを繰り返す。

「灰汁ってなんで取るんだろう」

おたまにすくった薄茶色の泡を眺める。レシピに取るように書いてあるけれど、どうして取るのかまでは説明されていない。

「味が落ちるから」

「そうなの？」

「だから、なるべく灰汁を取るってネットで見た」

「沖浦くんって物知りだね。手際もいいし……」

考えなしに言ってしまって、すぐに唇を結ぶ。料理のことに触れない方がよかったかな。

「普段から作ってるから慣れてるだけ」

家の手伝いを積極的にしているのか、それとも別の理由があるのかはわからない。だけど、当たり障りないように「そうなんだね」と返す。

「……あのさ、紺野」

「ごめん、どっちか洗い物お願いできる？」

同じ班の子に声をかけられた。机には使い終わった調理器具や、これから使う食器が積まれている。

「全員が使う食器、一度洗った方がいいってことになって、結構洗い物が多いんだよね」

「じゃあ、俺行ってくる」

「私が行くよ！　沖浦くんはカレーお願い」

沖浦くんは料理ができるし、洗い物なら私がした方がいい。机の上の使い終わったまな板や食器を抱えて、私は洗い場の方へ向かう。

「ありえないでしょ！」

野外炊飯場の裏の方から聞き覚えのある声がした。嫌な予感がして、様子をうかがうようにそっと近づく。そこには咲羅沙と有海がいた。

「なんで有海、怒らないの？」

「えー、だって怒っても意味ないじゃん」

憤慨している咲羅沙に対し、有海は苦笑している。カレー作りのときになにかあったみたいだ。心当たりといえば先ほど言っていた班のこと。

「どうしたの？」

振り返った咲羅沙が、声をかけたのが私だとわかると胸を撫で下ろした。

「まりなに色々ひどいことされても、有海なにも言い返さないの」

「咲羅沙、落ち着いてよ～。別に私気にしてないし、放っておこうよ」

「あんなことされてなんで平気なわけ？」

「んー、でもやめてって言ったところで、素直に聞くように思えないしさー」

咲羅沙の話によると、有海のことを邪魔だと言ったり、有海のペットボトルのお茶を地面に落としたのに、そのまま放置したりしていたそうだ。

「ちょっとは言い返した方がいいよ。だからまりなの言動がエスカレートするんだよ」

「だって、私自分のこと嫌いな人に興味ないし」

有海の発言に、私も咲羅沙も目を見開く。平然としていて、我慢しているようには見えなかった。

「多少は面倒だなーって思うけど、そんな人のこと気にしてたら時間の無駄じゃない？　私のことを好きでいてくれる人と楽しく過ごした方がいいじゃん」

有海の考えは私とは全く違っているけれど、周りの目よりも自分の心を大事にしていることが伝わってくる。そういう有海のことが私は羨ましく感じた。

私だったら相手の言動を気にして、ビクビクしてしまう。だけど有海にとってまりなちゃんの存在は眼中にないようだった。

「でも……っ」

歯痒そうな咲羅沙は、有海のことが大事だからまりなちゃんのことが許せないのだろう。私だって納得いかない。

自分と合わないからって、ひどい言動をしていい理由にはならない。

だけど有海本人が気にしてなくて放っておこうと言っている以上、私と咲羅沙にできることはない。

「心配してくれてありがと！　私は仲のいい人たちが、自分のことわかってくれたらそれでいいからさ」

「なにかあったらいつでも言ってね？」

私の言葉に有海がニッと白い歯を見せて笑う。

「うん！　ありがとね！」

有海の笑顔は自然体で、太陽みたいに眩しい。それは彼女自身が、誰にどう見られるかを意識するより、自分らしくいることを大事にしているからかもしれない。

私も有海みたいになれたら、カラオケでも違った行動がとれたのだろうか。

「愚痴でもなんでも言うんだよ！　溜め込むのはよくないからね！」

咲羅沙がまだ納得していない様子で、念を押すように言う。

「わかったって～。てか、咲羅沙、めちゃくちゃ眉間に皺寄ってる！」

「誰のせいだと思ってんの！」

「あはは、怖い怖い！」

ようやく空気が和んできて、咲羅沙の表情も緩む。まだ作業が続くので、まりなちゃんがまた有海になにかしないか心配だけど、咲羅沙もそばにいるからきっと大丈夫なはず。無事に野外炊飯が終わりますように。

「てか、八枝洗い場行くの？」

咲羅沙は、私が手に持っているまな板や食器を見ると、首を傾げた。

「あ、うん。行ってくるね！」

「私たちも手伝うよ。足止めさせちゃったし」

「そんな、大丈夫だよ！　ふたりも作業あるでしょ？」

食器を有海と咲羅沙が持ってくれる。

「私らはあとはカレー煮込むだけだし平気だよ～！　三人でやった方が早いじゃん？」

「ふたりとも、ありがとう」

違う班なのにこうして手伝ってくれるふたりの優しさに、私は頬が緩む。けれど、はっと我に返ってすぐに俯いた。両手が塞がっているから、顔を隠せない。

やっぱりまだ人前で笑うのは怖い。笑みを消してから、ちらりと有海と咲羅沙を見やる。ふたりは先に進んでいて、私が止まっていることに気づくと振り返った。

「八枝？　どうかした？」

「ううん！」

見られてなくてよかった。変に思われてないよね？

笑った顔を隠すのは、人に見られるのが怖いからだと知られたら、ふたりはどう思うんだろう。気を遣われちゃうかな。

直したい。だけど無防備に少し微笑んだだけで、心臓がバクバクとして息苦しかった。

無事にカレーを作り終わり、班ごとに食事をする。味は甘口なので、辛さはほとんどなくて食べやすい。

――カシャッとシャッターを切る音がして、びくりと震える。私たちが食べている光景をカメラマンの人が撮影していた。

こちらに近づいてくるたびに、酸素が薄くなったように息苦しくなる。隠れることもできないため、ほんの少しでも表情が緩まないように顔を引き締める。私の笑みが写真に残ることだけは避けたい。

けれど、多くの生徒たちはレンズを向けられるとポーズをとってはしゃいでいる。その光景を眺めながら、すごいなぁと思う。みんな楽しそうに笑っていて、笑えない自分が異質な存在のように感じる。

どうして私だけ、普通のことができないんだろう。

写真には硬い表情の私しか記録されていない。お母さんにも中学の修学旅行のとき、『どうして、強張った顔ばかりするの？』と呆れられたこともある。

中学の卒業アルバムに残された私の顔は緊張で引きつっていた。

小学生の頃の写真以外、笑顔は残されていないのだ。自然な笑顔ってどうしたらできるんだろう。

カレーを食べてから一通り片付けが終わると、クラスごとに集合写真を撮ると先生に説明された。それを聞いて私は、気分が沈んでいく。カメラマンの人がいる時点で予想はしていたけれど、集合写真は苦手だ。

「八枝、こっちこっち！」

有海と咲羅沙に呼ばれて、クラスの輪に入っていく。

私たちは真ん中の列に自然と決まった。ふたりが笑ってポーズをとっている横で、私は前列の人の頭に顔が隠れるように中腰になる。

「真ん中の列の子、顔隠れてるからもうちょっと顔上げて」

カメラマンさんの視線は私に向けられていて、慌てて姿勢を少し伸ばす。けれどこのまま写りたくなくて、ピースをした手をそっと目元に持っていく。

「あ、また顔隠れてるよ。ピースは顔にかからないようにね」

再び注意をされてしまった。

「八枝〜！」

軽い口調で有海が笑って和ませてくれたけれど、斜め後ろから「何度注意されてんの」と声が聞こえてくる。また注意されたら余計に注目を集めてしまう。ちゃんと写らないと。でも笑顔を写真には残したくない。

「はい、じゃあ撮るよ〜！」

カメラマンさんの明るい声が響き、私は顔の横にピースを貼り付けたまま唇を固く結ぶ。本当は真顔で写真に写るのも嫌だけれど、笑顔が残るよりずっとマシだ。

シャッターが切られる音がするたびに、心臓が跳ねる。

早く終わって。心の中で何度も願いながら、表情がどんどん強張って、冷や汗をかいていた。

撮影が終わると、カメラマンさんは次のクラスへと向かっていく。クラスメイトたちは仲がいい者同士で磁石みたいに集まって喋っている。私は心音を落ち着かせるように、深呼吸を繰り返した。

写真にどんな自分の姿が残されているのかが気になる。しかも、クラス全員に配られるのだ。集合写真なんていらないのに。

「八枝？　どうしたの。具合悪い？」

咲羅沙が不安げに私の顔を覗き込む。集合写真くらいで、動揺したくない。なんともないフリをしなくちゃ。変だと思われたくない。

「大丈夫！　お腹いっぱいで眠いだけだよ」

ごまかすように笑いながら、前髪に触れる。

「そっか、ならいいんだけど。帰りは別ルートで下山だって。もう疲れたから歩くの嫌だよね」

話題が変わったことに安堵しながら、私は「そうだね」と頷く。けれど、頭の中は写真のことでいっぱいだった。

有海と咲羅沙と三人で固まって下山していると、咲羅沙が一度周囲を見回してから手招きをした。

「え、なになに？」

有海と私は、咲羅沙のもとへと集まって足を止める。

「まりながカレー作りのとき、機嫌悪かった理由わかっちゃった。振られたらしいよ」

誰に？と聞かなくても、私も有海も予想がついた。相手は沖浦くんだ。

「それで機嫌悪かったんだ〜。目も赤かったもんね。そういう理由なら仕方ないね〜」

「どこが仕方ないの！　怒っていいところでしょ、有海！」

つまり、有海は八つ当たりをされていたということだ。だけど本気でどうでもよさそうにしている。

「えー、だってまりなの失恋とか興味ないっていうか……だろうねって感じだからさ」

「まりなちゃんが沖浦くんに振られるって、有海はわかってたの？」

まりなちゃんと沖浦くんたちは同じグループで、普段からよく一緒にいる。それなのにどうして有海は結果の予想がついていたんだろう。

「沖浦って私とちょっと似てるっていうか……興味ない人間には自分から話しかけないし、態度も当たり障りないんだよね」

私よりも有海の方が沖浦くんのことを理解しているかもしれない。

カラオケに行く前に、ふたりが付き合う寸前だと聞いていたので、まりなちゃんが告白をしたら、上手くいくのだと思っていた。

「先月の遊びの件だって、八枝が行かなかったら沖浦は参加しなかったと思うよ～」

「まあ、それは私もそう思うわ」

咲羅沙が腕を組んで頷いた。

「それって……私が原因で沖浦くんは気が進まない遊びに参加したってこと？」

私が誘われたら断れないことは、沖浦くんも気づいていそうだった。その上で、私だけが参加することになると浮いてしまうから、ついてきてくれた……？

「八枝だけ参加させるのは心配だったたし、沖浦を呼ぶ口実に八枝が使われてることに気づいてたからじゃない？」

今頃になって、咲羅沙や有海たちが心配してくれていた本当の理由がわかった。

私が利用されて、嫌な目に遭うのではないかと気にしてくれていたからだ。それに沖浦くんもわかっていたからこそ、ついてきてくれたんだ。

「実際あのグループって沖浦と北沢が仲よくて、まりなが北沢とペアだからできたグループって感じだしね」

私たちは話し込んでいたため、いつのまにか最後尾になってしまっていた。他の生徒たちを見失わないように下山を再開する。

坂は緩やかだけど、時々土が柔らかいので体制を崩さないようにバランスをとりながら、一歩一歩進んでいく。

「さっき見かけたけど、まりなと北沢が揉めてたからこれから先大変そう」

「あ、ふたりが喧嘩してるっぽかったのってそれだったんだー。わー……失恋からペア同士の揉め事って面倒だね～」

有海もその光景を目撃したらしい。

「失恋のことで、どうして北沢くんとまりなちゃんが揉めるの？」

まりなちゃんが失恋したのは沖浦くんなのに、北沢くんと揉める理由がわからない。

私の質問に咲羅沙が苦笑いした。

「ちらっと聞こえた話だと、協力がなんとかって。まあ、たぶん北沢が協力してたけどダメだったからじゃない？」

思い返してみれば、カラオケでまりなちゃんの席を北沢くんが指定していた。オーダーをする係と言っていたけれど、実際は沖浦くんの隣にするためだったのかもしれない。

「ペア同士の揉め事増えてきてるみたいだけど、咲羅沙とは揉めたくないなぁ」

「うちらは大丈夫でしょ。揉める要素ないし」

ふたりは仲がよさそうに笑い合う。

私も沖浦くんと何事もなく一年間ペアとして過ごしたい。それにもっと仲よくなっていけたらいいな。そうだ、家に帰ったら今月の花の絵を描いて沖浦くんに送ろう。まだ六月の絵を待ち受けにしてくれているだろうか。

こんな感情を抱くなんて思わなかった。

ペアになったばかりのときは、よりにもよって自分と正反対に見える沖浦くんとだなんてと、頭が真っ白になったのに。

一年間ペアとしてやっていく自信もなくて、なるべく最低限の関わりでいようと思っていたけれど、今では沖浦くんと良好な関係のまま過ごしたいという気持ちが大きくなっていた。

その日の夜、普段慣れないことをしたからか脚は浮腫《むく》んで、全身に疲れが溜まっていた。お風呂から出てすぐに眠くなったけれど、自分の部屋の机に飾っていた花を見て、気力が湧いてくる。

今月の花はモカラ。トロピカルな雰囲気の鮮やかなオレンジ色をしていて、五枚の花びらは星の形のよう。花が横向きに重なり合って咲いているので、描くのが少し難しい。けれど、だからこそどんなふうに表現しようかと考えるのが楽しかった。

出来上がった絵とモカラの写真を、沖浦くんにメッセージで送る。

今日の体力を使い切って、私はそのままベッドに寝転ぶ。うとうとして眠りにつきそうになった頃、スマホが枕元で振動した。

眠たい目を擦りながらスマホを手に取ると、沖浦くんからのメッセージだった。

【南国っぽい花だな。なんでこんな上手く描けんの？】

私はすぐに返事を打っていく。先ほどまで眠たかったのに、沖浦くんからのメッセージを見たら嘘みたいに頭が冴《さ》えていた。

【いつもよりこの花は難しかったよ。輪郭を描いてから少しずつ描き込んだら、形になったんだ】

【俺には絶対こんな上手く描けない。これも待ち受けにしていい？】

待ち受けにしてもらえることが嬉しくて、私はすぐに了承する。最近自分の絵を描くのが特に楽しく感じるのは、沖浦くんが私の絵を見たいと言ってくれるからだ。

【明日の放課後、空いてる？】

「え？」

何度も読み返したけれど、間違いなく沖浦くんからのメッセージに書かれている。

【空いてるよ。どうしたの？】

【とりあえず放課後、そのまま空けといて】

理由を聞かせてくれないまま、メッセージのやり取りが途絶えた。

明日なにがあるんだろうか。気になったけれど、疲れていた私はすぐに眠りについた。

翌日は教室の雰囲気がいつもよりピリついていた。

原因はまりなちゃんと北沢くんのペアが一切口をきかなくなったことや、野外炊飯を通して他のペアと比べて自分のペアに対して不満を抱く人が増えてきたことのようだった。

「隣のクラスの話だけど、ペアの変更の相談してる人もいるらしいよ」

次の体育の授業へ向かう途中、咲羅沙が今日話題になっているというペア解消事件について話し始める。

「一年に一度じゃなくて半年に一度変えてほしいとか、そもそも協調性を持つことが目的ならいろんな人と組んだ方がいいとか……女子たちで集まって学年主任に抗議までしてるんだって」

「でも、それってできるのかな」

よほどのことがない限りはペアを変更できないと聞いている。たとえ集団で抗議をしても、先生たちが受け入れるとは思えない。

「無理でしょ～。うちのお兄ちゃんが一年のときも、そういう抗議あったらしいけど、結局却下されたらしいよー」

有海のお兄さんは、他校だけど今高校三年生。どの学校でもこういう問題は起こるみたいだ。

「ペア解消なんて非現実的だよね。そんな抗議するくらいなら、どう上手くやっていくか考えた方がいいし」

「……私もそう思う」

有海は微笑んで、私の腕に自分の腕を絡めてくる。

「八枝は上手くやってるよね～！　最初は沖浦とペアって聞いてびっくりしたけど、今は仲よさそうだし！」

「そうかな？」

周りから見て、私と沖浦くんの仲は良好だと思ってもらえるのは嬉しい。

「やっぱ平和が一番だよね～」

「有海はちょっとは怒った方がいいけどね！」

「もー、咲羅沙まだ言ってる～！」

体育館に着くと、同じクラスの女子五人が固まって話していた。なにか揉めているのか、怒っているような口調が聞こえてくる。

「北沢、本当ありえなくない？」

「だいたい沖浦も思わせぶりでしょ」

輪の中にまりなちゃんがいて、おそらくは昨日の失恋について話しているようだった。まるでみんなに聞かせているかのような声量だ。

「ふたりが上手くいくとか適当なこと言ってたってことでしょ。協力とかも全然してなかったっぽいじゃん」

「早退した理由が彼女って話、本当だったんじゃない？　だからまりな振られたとか？」

「でも、妹のことを勘違いされたって本人が言ってたよ」

盛り上がっているのは一部で、まりなちゃん本人は気まずそうに苦笑していた。

周りのみんなに聞こえるような声で友達の失恋について話すことに、私は眉をひそめる。

本気で心配しているのではなく、話のネタとして面白がって話しているように見えた。咲羅沙と有海も同じことを考えているのか、なんとも言えない表情をしていた。

「てか、まりなのこと振るとかびびるんだけど」

「本当かわいそう」

自分のことを言われているわけじゃないのに居心地が悪い。心のこもっていない言葉を口にしながら、彼女たちの口角は上がっていた。

誰も本気でまりなちゃんのことを心配しているようには見えない。

「喋ってないで、二人一組でパス練から始めてー！」

体育の先生が、用具入れからバレーボールが入っているカゴを持ってくる。ペアの相手がいる場合はその人と組むようで、男子とペアの人たちは余っている人同士で声をかけて組むらしい。

咲羅沙と有海はペアなので、私は他の誰かを探さなければいけない。

「ちょっと言いすぎじゃない？」

ふたりの女子が私の横を通り過ぎて、ボールを取りに行く。

「いいじゃん、あれくらい別に。自信満々だったのに振られるとか笑える」

小声で話している内容は、おそらくまりなちゃんのことだ。やっぱり本心ではまりなちゃんの心配なんてしていなかった。

「五人いるから、ひとり余っちゃうよねー。どうする？」

「まりなと誰も組みたがらないんじゃない？」

「私も絶対嫌。ねえ、一緒に組も」

ボールをふたつ手に取った彼女たちが、再び輪の中に戻っていく。

不意にまりなちゃんと目が合う。輪の中にいるけれど、気まずそうだった。だけど私が声をかけても、まりなちゃんは組みたくないかもしれない。

いつもならとっくに私から目を逸らしているのに、今はまりなちゃんの方から視線を逸らした。

「八枝、ぼーっとしてると組む相手いなくなっちゃうよ」

「……うん」

咲羅沙の指摘通り、どんどん周りはペアを組んでいっている。そして、まりなちゃんがグループの中でぽつんと残っていた。

さっきまで一緒にいた子たちが、コソコソと話して笑っているのが見える。

その光景と、中学の頃に仲間はずれにされた子の姿が重なる。ひとりぼっちになった子に、私は声をかけることができず、ただ傍観していた。

周りにどう思われるのかが怖くて、勇気が出なかったからだ。

まりなちゃんには意地悪をされたし、私は別の人と組めばいい。そう思う気持ちもある。だけど、今見て見ぬフリをしたら、いつか後悔をする日が来るかもしれない。

手に汗を握りながら、一歩踏み出す。

「……まりなちゃん、一緒に組まない？」

私から出た声は震えるほど弱々しくて、届かないのではないかと思うほど小さかった。けれど、まりなちゃんの耳にはしっかり聞こえたようで、僅かに目を見開くとすぐに頷いた。

走った後みたいに心臓の音が速い。たったこれだけのことを言うだけで、私はすごく緊張していた。

カゴまでバレーボールを取りに行くと、隣に来た咲羅沙がこそっと聞いてくる。

「八枝……大丈夫なの？」

「うん、平気」

「……ならいいんだけど」

私が沖浦くんのペアだから、咲羅沙は余計に心配してくれているみたいだった。

でもどちらにせよ誰かと組まないといけなかったし、別の子と組んでもまりなちゃんの様子が気になって集中できない気がした。

ボールを持ってまりなちゃんの方へ行くと、周囲の子たちに物珍しそうに見られる。

「向こうでパス練しよ」

まりなちゃんは私の手を引いて、彼女たちから離れた端っこの方まで私を連れていく。

「……ありがと」

ぼそりとお礼を言うと、まりなちゃんがぎこちなく微笑んだ。

「紺野さんが声かけてくれて助かった」

「あ……うん。それならよかった」

やっぱりまりなちゃんは、自分の失恋話で盛り上がる彼女たちから離れたかったみたいだ。

「ごめんね」

「え？」

「カラオケのとき、私紺野さんに嫌なことしたから」

大丈夫だよとは言えなかった。まりなちゃんから向けられていた感情は、いいものではないと知っている。できればもう関わりたくないとまで思っていたほどだ。

それなのに私は、まりなちゃんに自分から関わりに行った。

つらそうにしているのがわかっていたから、放っておけなかった？　たぶん、それもあると思う。

だけど一番は、自分の気持ちを大事にしたいと考えるようになったから。

「私のこと嫌いでしょ？　なのに誘ってくれてありがとね」

まりなちゃんのことを嫌いとまでは思っていない。でも苦手なのは事実で、そんなことないよと言っても見透かされてしまいそうで、私は黙り込む。

「女子に嫌われたり、都合よく扱われることってよくあるんだよね」

「……そうなの？」

「うん。男子と気さくに喋るから、まりなが男子に声かけてとか、なにかするときはほとんど私頼り」

ほんの少し声を低くしながら話し、まりなちゃんはため息をつく。

「だけど使えないなって思われたら、すぐ悪口のネタにされる」

視線を上げたまりなちゃんがにこっと微笑む。

「私もこういう性格だし、お互い様なんだけどね」

まりなちゃんと私は、お互いストレッチをして軽く身体をほぐしてから、パスの練習のために距離を取る。

「さっきの話だけど……まりなちゃんのためというより、私は自分のために動いたんだ」

バレーボールを両手で持ちながら、前を向く。

「だから、気にしないで。それに、ああいう話を周りに聞こえるようにしてるの嫌だったから」

こんなこと言ったら嫌われちゃうんじゃないかと、以前だったら怖かった。でも、すでにまりなちゃんが私の陰口を言っているのを聞いたので、少しだけ開き直ったように自分の気持ちを口にできた。

トスをすると、まりなちゃんはそのままバレーボールを掴んで笑いだした。

「ふっ……はは……ごめん。紺野さんがそういうこと言うの意外で」

いつもまりなちゃんが見せる笑顔はモデルみたいに綺麗だったけれど、今日の笑顔はあどけない。

「でもこういう紺野さんの方が話しやすいかも」

「……話しやすい？」

「うん。前までは紺野さんって本音を言わない大人しい人って感じで、話しててもなに考えてるのか読めないなって思ってたから。だから、私焦ってたんだよね」

まりなちゃんがバレーボールを宙に上げて、軽くトスをする。

「沖浦のこと紺野さんが好きだったら、どうしようって」

「え？」

驚いて変な方向にボールを飛ばしてしまう。けれど、まりなちゃんはそれを右手で器用にキャッチした。

「だから意地悪してごめんね」

まりなちゃんが裏で言った悪口は消えないし、有海に対してひどい態度をとったこともなかったことにならない。それでも今日初めて、きちんとまりなちゃんと対話ができた。

こうしてふたりで体育のペアになることは、きっとこれっきり。親しくなることもないと思う。けれど心の中に残っていた気まずさが解けたように感じた。

放課後になると、私は鞄の中でこっそりとスマホを確認する。沖浦くんからメッセージは届いていない。

放課後空けといて、と言われたのが今日で合っているか不安になり、メッセージを読み返した。やっぱり今日の放課後で間違いない。

教室の掃除が始まるので、ひとまず廊下に出ようとすると、教室で掃除をしている沖浦くんと目が合った。口パクでなにかを言われて頷く。たぶん『待ってて』と言われた気がした。

私は廊下の壁に寄りかかって、掃除が終わるのを待つ。

すると、教室にいた三岳先生が他の先生に呼ばれた。あの人は、学年主任の先生だ。ふたりがドアの辺りで深刻そうな表情で話しているのを、ぼんやりと眺める。

「そんな……っ」

焦ったような三岳先生の声。顔色も悪い気がする。

「もう一度調査し直しましょう。その後に生徒たちに話をした方がいいんじゃないですか？」

「けれど、混乱してさらに騒ぎになったら困りますよね」

もしかして、私たちのクラスでなにかが起こった？

気になったけれど、会話が途切れ途切れにしか聞こえない。

「ペアの問題ですし、慎重に動いた方がいいです」

私の視線に気づいた三岳先生が、すぐに目を逸らして「詳しくは後で、職員会議のときに」と言って、再び教室へ入っていった。

ペアの件でなにかあったみたいだった。ひょっとしてペア変更抗議の件だろうか。

少しして掃除が終わると、教室から顔を覗かせた沖浦くんに「おまたせ」と声をかけられる。

「どこ行くの？」

「とりあえず、ついてきて」

言われるがまま、沖浦くんの半歩後ろを歩いていくと、昇降口の近くを通過した。

どうやら校内のどこかに行くみたいだ。この方向だと体育館の方だろうか。

けれど私の予想は外れて、体育館ではなく別の建物の前に着いた。

「……プール？」

だけど今日は水泳部が休みの日で、入口には鍵がかかっている。

「今からすること、誰にも言うなよ」

沖浦くんは水色のフェンスを掴む。壊れているようで、銀色の針金で隣のフェンスと繋がれていた。針金を外すと、水色のフェンスがドアのように開く。そして私たちが立っている位置から十センチほど高いコンクリートの壁を軽々と登る。

「早く」

手を差し出されて、私は指先を伸ばす。そのまま掴まれて、引き上げられた。

あっというまに私たちはプールサイドに侵入した。

いけないことをしているので、周囲をきょろきょろと見回す。幸いこの場所は人通りがほとんどないため、目撃者はいなさそうだ。

「こっちなら死角だから」

慣れた様子でプールサイドの端の方に連れていかれる、

「木曜日は水泳部が休みだから穴場」

「もしかして、よくこうやって忍び込んでるの？」

「……いや、まあ時々」

沖浦くんは濁しながら答える。結構な頻度で来ているのだろうか。私たちの学校では、プールは選択授業のひとつだった。私は無難に茶道を選んだので、入学してからプールに来たのは初めてだ。

「ひとりになりたいとき、ここに来んのオススメ」

沖浦くんは、ひとりになりたいときがあるの？　頭に浮かんだ言葉は、口には出せなかった。

いつも周りにたくさんの友達がいて、人気がある沖浦くんにだって、ひとりになりたいときはあるはず。

プールサイドにふたりで並んで座った。スカート越しにコンクリートが吸収した熱が伝わってくる。けれど日陰になっていたからか、そこまで熱くはない。プールに塗られた青いペンキが透けた水は、青く澄んでいるように見えて涼しげだ。

「紺野って、写真に写るのも嫌い？」

「え？」

「野外炊飯のとき、嫌そうに見えたから」

こういうとき大抵軽い感じで『苦手なんだよね』と答えてきた。でも沖浦くんの前だと、それが上手くいかない。だけど本当のことを言ったら、空気を重くしないか不安もあった。

「聞かない方がいい？」

沖浦くんは強引なときもあるけれど、無理矢理言わせるようなことはしない。私が話したければ話せばいいと、逃げ道を用意してくれる。

私の心の深くに根を張った、笑顔を見られるのが嫌いという感情。それは日常会話や、写真撮影など色々なことに支障が出ている。

冗談まじりでは苦手なんだよねと言えても、本音では誰にも言えなかった。私が一番自信のない部分。

「私……自分の顔が写真に残ることも嫌なんだ」

一言吐き出して、すぐに後悔に襲われる。笑顔を見られるのが苦手、目を合わせるのも苦手。こんなことばかり打ち明けられても、沖浦くんは反応に困るだけだ。

「上手く笑えないから、あんまり写真に残したくないってだけで、そんな大した事情じゃないよ！　だから気にしないで」

慌ててごまかすと、沖浦くんは数秒間を置いてから静かに口を開いた。

「紺野にとっては気にすることなんだろ。だったら大したことないように話すなよ」

誰かにとってはくだらないことでも、沖浦くんの言う通り、私にとっては大きな傷だった。

「俺にもそういうのあるし」

沖浦くんは意を決したように振り向く。

「俺さ、家のこと聞かれんのが苦手だったんだ。だから野外炊飯のとき、あんな変な態度とって……悪かった」

もしかしたら今日誘ってくれたのは、野外炊飯で少しぎこちなくなったときのことを気にしてくれていたのかもしれない。

「私の方こそ、ごめんね。料理に関して、無神経に聞いちゃったから……」

「紺野のせいじゃない。ただ俺がまだ上手く立ち回れないだけ」

沖浦くんは深く息を吐いてから、言葉を続ける。

「中学の頃に親が離婚して、俺が家事とかやるようになったから料理が少しできるんだ」

「……そうだったんだね」

「高校に入って早退を二回したのは、妹が……離婚した母親の再婚が決まったことがショックだったみたいで。それで体調崩すことが増えたんだ」

口調はいつもと変わらないけれど、沖浦くんは手を握りしめながら話していて、私に話すために勇気を出してくれているのだと伝わってくる。

「紺野に迷惑かけて、連帯責任で罰を受けさせて本当ごめん」

私は「気にしないで」と首を横に振った。

「事情を話してくれて、ありがとう」

お互いに抱えているものが違う私たちは、痛みや悩みを分け合うことはできないけれど、言葉を交わして理解し合うことはきっとできる。

「これからまた家のこととかで、なにかあったら言って」

「……極力紺野には迷惑かけないようにするから」

「いいよ、迷惑かけて」

「は……？」

なに言っているんだとでも言いたげな沖浦くんに、私は自分の心に正直に気持ちを伝える。

「だって私たちペアなんだし、助け合うことも大事だと思うから。だから、なにかあったら一緒に罰を受けよう！」

「なんだよ、それ」

沖浦くんが眉を下げて笑う。

自分がこんなことを言えるようになるなんて、春頃は想像もつかなかった。でも今は、沖浦くんとこうして過ごす時間や、本音で話せていることが大切だと思える。

妹さんのことも沖浦くんはずっと抱え込んでいたのだと思う。ペアである私を巻き込まないように色々と気を張っていたかもしれない。

「その代わり、なにかあったときは話して」

「うん。約束する」

突き放されることもなく、沖浦くんは頷いてくれた。また少し距離が縮まった気がする。頬が緩みそうになって、俯きがちに前髪をいじった。

沖浦くんが靴を脱いだことに気づいて、私は顔を上げる。

「え、なにしてるの？」

素足になった沖浦くんはズボンの裾をまくった。そのままプールサイドに座ると、両足を水の中に入れる。水面に波紋が広がって、涼しげな水の音がした。

「紺野も足入れたら？」

「え、でも……」

ためらう私に、沖浦くんが手招きをする。

「いいから、こっち来いって」

ぱしゃぱしゃと足を動かしている沖浦くんをちらりと見て、私は靴を脱ぐ。濡れてもハンカチで拭けばいいよね？

靴下を脱いで、私はそっと足のかかとから水面に触れていく。夏の気温で生ぬるいかと思っていたけれど、意外と冷たい。

そのままふくらはぎの途中まで水に浸かった。

「水に触れるのって好きなんだよな」

「だから、中学のとき水泳部だったの？」

「それもある。泳ぐの得意だったし。高校ではバイトしたいから部活入らなかったけど」

沖浦くんが足を動かすと、大きな飛沫が上がる。

「っ、わ！」

驚いた私の体勢が少し前のめりになって、慌てて沖浦くんが私の腕を掴む。

「びびった！　紺野が落ちるかと思った！」

こんなに大きな声を上げる沖浦くんを初めて見て、私は口をぽかんと開けてしまう。

僅かに体勢が斜めになっただけで、かなり驚かせてしまったみたいだ。

だけど先に驚かせてきたのは、沖浦くんだ。

今度は私が右足で水面を蹴るようにして飛沫を上げる。

「仕返し！」

「うわっ！」

その飛沫が予想外の方に飛んでしまい、沖浦くんに雨みたいにかかってしまった。

「ふ……っ、ははは っ！　ごめんね、やりすぎちゃった！」

きょとんとしている沖浦くんを見て、私は声を上げて笑ってしまう。けれど私を見つめる沖浦くんに気づいて、私は血の気が引いていく。

口元を両手で隠して俯いた。

……今、私自然と笑ってた。どうしよう、変じゃなかったかな。沖浦くんに笑顔を晒《さら》してしまい、心臓の音が全身に響くほど大きくなる。

「紺野」

優しい口調が、今は慰められているみたいに感じてしまう。あんな変な笑顔を見て、沖浦くんはどう思ったんだろう。怖い。聞きたくない。やっぱり癖を直すなんて無理だ。私にはできない。

「手、貸して」

「……え？」

私の目の前に沖浦くんの両手のひらが差し出される。

「俺の手の上に紺野の手、重ねて」

「う、うん」

困惑しながらも口を覆っていた手を、そっと沖浦くんの手の上にのせた。そのまま手をぎゅっと包み込まれる。

「変なんかじゃない」

笑顔のことに触れられて、私の手がびくっと震える。けれど沖浦くんが私の手を掴んでいるので、顔を隠すことも叶わない。

「けど、変って……言われたこともあるし……私も笑ったときの顔変だなって自分でも思うし……」

「笑った顔、俺は好きだけど」

「……そんなの」

私を励ますためだよね、と言いかけて、唇を噛む。自分の笑顔を気にしすぎているのはわかっている。だけど、周りの人よりも綺麗な笑顔じゃないことも自分がよくわかっていた。

「てかさ、上手く笑う必要なんてあんの？」

「それは、笑顔が変だと嫌だし……できれば綺麗に笑いたいって思って」

「誰かに見せるために笑うんじゃなくて、楽しいときとかに自然と笑うもんなんじゃねぇの？」

他人の目がそんなに大事なのかと沖浦くんは眉を寄せる。

私は今まで自分が笑いたくて笑うというより、周りに合わせて笑うことが多かった。誰かから見た私が、変な顔をして笑っていないか。そればかりに気を取られてしまう。

「自分のために笑ったら」

水面に波紋を描くように、沖浦くんの言葉が心に広がる。

それはまるで、私が過去に自分にかけた呪いを解いてくれるみたいだった。

私のために笑う。そんなふうになれるだろうか。

「紺野が笑いたいって思ったときに笑えばいいだろ」

「うん。……さっきみたいに自然と笑えるようになりたい」

「大丈夫。ゆっくり慣れていけばいいと思う」

足を動かすたびに、水面が揺れてキラキラと光る。眩しい夕日を背中に感じながら、
私と沖浦くんは辺りが薄暗くなるまでプールで過ごした。

五章　30%

夏休みが始まると、前半は課題に追われていた。八月に入ってからは、中学の友達や、咲羅沙と有海と遊んだり、ペアの課題で時折沖浦くんと連絡を取り合う。そんな日々を過ごしていた。

あっというまに八月後半に差しかかり、今週で夏休みが終わってしまう。

名残惜しいけれど、早く学校へ行きたい気持ちもある。

中学の頃は、夏休みがもっと続いてほしくて、二学期が来るのがいつも嫌だった。それなのにこうして二学期が少し楽しみに感じられるのは、今の自分の環境を私が気に入っているからだろうか。

お昼ご飯を食べて自分の部屋に戻ると、スマホにメッセージが届いていた。送り主は沖浦くん。

【これ、今日作ったやつ。結構上手くできた】

送られてきた画像は、餃子《ギョーザ》と青椒肉絲《チンジャオロース》。中心が高く盛られていて、お店の料理みたいに美味しそう。

沖浦くんの家のことを聞いてから、日常の話をよくしてくれるようになった。

【すごい！　これ全部作ったの？】

【うん。餃子が特に上手く作れた】

料理ができない私には、餃子の作り方が全くわからなくて、スマホで検索をかけてみる。見慣れない言葉が出てきて首を捻った。

【餃子のタネってなに？】

疑問に思って聞いてみると、すぐに【具のこと】と返事が来る。普段料理をしないので、具のことをタネというのを初めて知った。

皮を包むのにもコツがあるようで、ポイントなどが書いてある。

【レシピを見ながらなら、私にもできるかな】

【できると思う。作ってみたら？】

せっかくの夏休みなので、チャレンジしてみよう。私はすぐにリビングへ向かう。

「お母さん」

「わあ！　びっくりした～！」

ドアに背を向けて立っていたお母さんが、大袈裟なくらい大きなリアクションをして振り返った。

「え、ごめん。驚かせちゃった？」

手には受話器を持っていた。電話をしていたので、私が下りてきた音に気づかなかったのかもしれない。

「電話中？」

「ううん、ちょうど終わったところ」

固定電話で話をするのは珍しい。親戚やお父さんとも、いつもならスマホで電話をするのに。

「餃子作ってみたいんだけど、いいかな」

「餃子？　八枝が？　いいけど……それなら一緒に買い物行く？」

「うん！」

今夜のご飯の一品が餃子に決まり、私とお母さんはスーパーへ買い物に行った。けれど心なしか、お母さんの元気がない。なにかあったのだろうか。

「……餃子とあとは、なににする？」

スーパーの野菜コーナーの前に立って、横にいるお母さんの顔色を見る。話しかけるとすぐに明るい表情になった。

「回鍋肉《ホイコーロー》なんてどう？」

「いいね！　食べたい」

「それにしても、八枝が料理をしたいなんてびっくりしたわよ～！」

「美味しそうな写真を見せてもらって、私も作ってみたいなって思って」

お母さんの様子には触れない方がいい気がして、私は『なにかあったの？』とは聞かなかった。

夕方からお母さんと台所に立って、調理を開始した。お母さんに指示をもらいながら、冷蔵庫から餃子の材料を取り出す。

「じゃあ、まずはひき肉をボウルに入れて」

銀色のボウルにひき肉を入れたら、次は下味用の調味料。

スマホでレシピを見ながら、書かれた通りの分量をはかってから、小さめのボウルに入れる。醤油《しょうゆ》や砂糖、ごま油や片栗粉など、想像以上に調味料が多い。

「これだけでいい匂いする」

私が合わせた調味料の中に、お母さんがすりおろした生姜《しょうが》とにんにくを手早く入れる。

「調味料をちゃんと混ぜてから、ひき肉とも混ぜてよく捏《こ》ねて」

「これってなにで捏ねるの？」

素朴な疑問をぶつけると、お母さんは呆れたように「手」と返してきた。

この肉の塊《かたまり》を手で捏ねる。手がベタベタになりそうだ。

もう一度手をよく洗ってこようかなと考えていると、お母さんがキッチンの棚からティッシュ箱のようなものを出した。

「これつけてする？」

透明のビニールでできた使い捨ての手袋だ。

「うん、それつけたい」

右手だけに手袋をして、ひき肉をよく捏ねる。粘土よりも柔らかくて、ねっとりとしていて冷たい。不思議な物体を触っている気分だった。

「ニラとキャベツ入れるから、一旦ストップ」

手を止めて、いつのまにか細かく刻まれていたニラとキャベツの緑色の塊が投入される。それをさらに混ぜると、餃子のタネが出来上がった。

市販の餃子の皮を袋から出して、タネを包む作業に移る。

「高校はどう？」

「え？　楽しいよ。クラスにも慣れてきたし」

突然の話題に困惑しつつ、正直に答える。

「ペア制度は、どう？　問題ない？」

「問題ないよ」

「……そう」

シャツの一件があるので、気にしているのかもしれない。まりなちゃんたちと少し気まずくなることはあったけれど、今は特に問題もなく、平和に過ごしている。

「八枚、もう少し形整えた方がいいんじゃない？　焼くときに崩れるよ」

「これ、どうしたらそんなに綺麗にできるの？」

お母さんが包んだ餃子はほっそりとしていて曲線を描いている。けれど私の餃子は膨れ上がってかなり大きい。同じ皮で作っているのに、どうしてこんなに違いがあるのだろう。

「具を詰めすぎなの。あとはタネの位置」

お母さんに手本を見せてもらいながら、私も作ってみる。今度は大きさがマシになったものの、皮はよれていてみすぼらしい。

……私には料理のセンスがないみたいだ。

不格好な私の手作り餃子と、お母さんの綺麗な餃子は、フライパンでこんがりといい色に焼けた。回鍋肉も具の大きさにバラつきはあるけれど、お母さんが言う通りの調味料で作ったので、味はきっと大丈夫なはず。

その日の晩御飯は、お姉ちゃんに餃子の形を笑われはしたけれど、みんなに美味しいと言ってもらえた。

部屋に戻ってから、沖浦くんに晩ご飯の写真を送る。

【私も作ってみたよ。沖浦くんみたく綺麗にはできなかったけど】

十分くらいして沖浦くんから返事が来た。

【どれが紺野の餃子かわかる気がする。左のだろ?】

野外炊飯で私が切った不揃いな野菜を見た沖浦くんには、すぐにバレてしまった。

【当たり。でも料理って楽しいね】

【慣れたら上手くなるよ】

センスはないけど、作るのに慣れたらもう少し見た目はマシになるだろうか。これからお母さんに教わってみようかな。

机の上の花を見て、今朝描いてまだ送っていなかった花の絵を思い出した。

【今月の花も送るね！】

白い花びらの向日葵《ひまわり》で、真ん中の管状花は淡い黄色をしている。その絵と写真を一枚ずつ沖浦くんに送った。

【これ向日葵？　こんな白いの初めて見た】

【ホワイトライトって品種の向日葵なんだって！　綺麗だよね】

【写真も綺麗だけど、紺野の絵って優しい感じが出てていいよな】

シャーペンで描いたモノクロの向日葵。花びら一枚ずつ丸みをしっかりと意識しながら描いていた。

またこの絵も待ち受けにすると言ってくれて、向日葵の花びらに指先で触れる。にやけてしまいそうになって、前髪をいじる。だけどその手を離して、机の上に置いた。

嬉しいんだから、表情が緩んだっていいよね……？

【ありがとう】

　毎月沖浦くんに花の絵を送るこの時間が、私は好きになっていた。

　メッセージを終えてから、私は二学期の始業式の日に提出予定の評価表を取り出す。評価表は課題への取り組み方や学校生活についてなど十項目があり、それに五段階評価で丸をつける。そして私から見た沖浦くんの長所、今後の課題を書かなければいけない。これが私的には一番難しい。

　私の書いた内容が、沖浦くんの成績に関わってしまうかもしれない。

　沖浦くんは誰とでも気軽に話せてクラスでも友達が多い。親切。面倒見がいい。納得のいく文章ができなくて、何度も書いては消してを繰り返す。

　思いついたことを箇条書きにするのではなく、もう少し具体的に書くことにした。

【水道で濡れたとき沖浦くんがハンカチを貸してくれました。また、私の悩みを聞いてくれたこともありました。沖浦くんは困っていると声をかけてくれて親切で面倒見がいい人です】

　今後の課題については、早退の事情のことが頭に浮かんだ。周りに相談をしてほしい。……こんな書き方をしたら、偉そうに見える気がする。私は消しゴムで消して書き直す。

【今後の課題・なにかあったとき頼ってほしいです】

　書き終えたところで、スマホが振動した。メッセージよりも長く振動しているので、電話のようだった。誰からなのか予想がつかないまま画面を見ると、沖浦くんの名前が表示されていて驚く。

電話なんて初めてかかってきた。もしかして誤タップで間違い電話かもしれない。

おずおずと通話マークを押す。

「もしもし」

『悪い、急に。今大丈夫だった？』

「うん、平気だよ」

誤タップではないみたいだ。なにかあったのだろうか。

『ペアの課題の評価表のやつ書いてたんだけどさ』

「私はちょうど書き終わったところだよ」

『マジか。言葉にするの難しくね？』

「そうだよね。何度か書き直したよ」

自分の性格すら言葉に表すのは難しいのに、他人のいいところや課題を書くのはもっと大変だ。たった今書いた内容も読み返すと、もう少し別の書き方がいいのではないかと悩んでしまう。

『じゃあ電話しながら、紺野の長所を言語化してく』

「……たぶんないと思うよ」

『控えめなところ、っと』

「それって、いいところなの？」

控えめというか、ただ自分に自信がないだけ。長所なんかじゃない。電話越しの沖浦くんが微かに笑った気がした。

『慣れると案外つっこんでくるところ、っと』

「……適当だね」

『全部よくも悪くも変換できるってだけ。紺野は周りの目気にしすぎだけど、でも周りのこともよく見てるし。言葉に敏感だから、人を傷つける言葉も口にしない』

「……臆病なだけだと思う」

『慎重ってことだろ』

私が自分の短所と思っている部分を、沖浦くんはいとも簡単に別の言葉に言い換えていく。

「すごい……沖浦くんのポジティブ変換」

『あ、それ俺の長所に書いといて』

ふっと笑いが漏れる。沖浦くんと話していると、私は表情が緩みやすい。

『学校めんどいな〜』

「沖浦くんも面倒だって思うんだね」

『そりゃ思うだろ。でも、夏休みの課題ほぼ終わったし、今は結構気が楽だな〜！マジで途中終わらねぇかと思ったし』

声のトーンが上がり、沖浦くんの気分が切り替わったのがわかった。やっぱり沖浦くんってポジティブだ。先ほどまでの憂鬱な空気はどこかへ消えている。

評価表を眺めながら、沖浦くんのペアとして過ごす三分の一の時間が過ぎたのだなと感慨深い。学年が終わる頃は寂しく思っているかもしれない。

その後、今日作った餃子のことなどを話しながら私たちは一時間くらい電話をしていた。私の失敗談に沖浦くんはおかしそうに笑っていて、こんなふうに作るといいとアドバイスをくれる。

「もう少し簡単そうな卵焼きから作ってみようかな」

『……期待してる』

「それ私が失敗するのをって意味？」

『バレた？』

電話越しの沖浦くんの笑い声を聞くたびに、眩しいくらいの笑顔が思い浮かぶ。

誰かと電話をして、切るのが名残惜しく思うのは初めてだった。

九月になり、約一ヶ月ぶりに学校へ行くと、クラスメイトの四、五人は夏休み前と変化があった。日に焼けている人や、髪が派手な色になっている人。まりなちゃんはロングだった髪がショートになっている。

早速ホームルームで、髪を派手に染めた人は怒られていたけれど、あまり重たい空気にはならず、注意される程度で済んでいた。

始業式が終わると、課題の提出をする。ペアの連帯責任があるからか、みんなきちんと課題を終えているようだった。

目の前に座っている有海が、げんなりとした様子で机に伏す。

「なんで始業式の日から授業あんの〜。しかも月曜日だから、一週間長すぎ！」

有海の声に引っ張られるように周囲にいた生徒たちも、「次、数学じゃん。最悪」などと不満をこぼし始めた。

「静かに」

三岳先生が強張った顔で口を開く。

「今から呼ばれる四名は、昼休みに職員室に来てください。岡村さん、近藤さん」

咲羅沙と有海の名前が呼ばれた。目の前に座っている有海が「え、私？」声を上げる。

「沖浦くん、紺野さん。以上、四名です」

私たちも……？　この四人が呼ばれたということは、ペアでなにかするのかもしれない。選ばれたのは、たまたまだろうか。

ホームルームが終わって解散になると、沖浦くんと親しい男子たちが「お前また罰則？」と言って笑っている。

「俺なんもしてねぇけど」

「じゃあ、なんで呼ばれたんだよ」

沖浦くんの言う通り、罰則になるようなことをした覚えはない。……いや、思い当たるとしたらプールに侵入したことくらい。だけど、それに咲羅沙と有海は関係ない。

「なんで私たち呼び出しなんだろう」

有海にも心当たりがないようで不思議そうにしている。私たちのもとへやってきた咲羅沙も「なんかしたっけ？」と不安げだった。

それから、授業の内容が一切頭に入ってこなかった。この四人が関わっていることで、呼び出される理由がひとつも思い浮かばない。

昼休みになると、男子たちの輪から抜けてきた沖浦くんに「すぐ行くよな？」と声をかけられて、私は頷く。

「沖浦は呼ばれた心当たりある？」

咲羅沙が訝《いぶか》しげな表情で聞くと、沖浦くんは「特にない」と即答した。

私たち全員、呼ばれた理由がわからない。みんなどこか落ち着かない様子で、会話をほとんどすることなく職員室へ向かった。

職員室の前には三岳先生が立っていて、そのまま私たちは校長室へと通される。初めて入る空間に、一気に緊張が増していく。

校長室に呼び出されるということは、よっぽどのことがあったということだ。

中は冷房が強く利いていて、肌寒く感じるほどひんやりとしている。

「急に呼び出してすまないね。気楽に座って」

五十代くらいの細身の男性——校長先生に焦げ茶色の革張りのソファに座るように促される。私の隣に沖浦くんが座り、向かい合わせに咲羅沙と有海が座った。

そしてソファの横には、艶のある大きな木製のデスク。その席に座っている校長先生は両手を組んで、深刻そうな表情をしている。

「突然のことで驚くと思うんだけど……」

近くに立っていた三岳先生が、ためらいがちに話を切り出す。

「四人に集まってもらったのは、ペアの件で話さなければいけないことがあるからです」

手に持っていた一枚の紙が机に置かれる。

そこには、私たち四人の名前と相性について書かれていた。

「え……？」

飛び込んできたある文字に目を疑った。

【沖浦一樹　紺野八枝　相性二%】

【岡村咲羅沙　近藤有海　相性二十五%】

最も相性がいい相手と組むペアリング制度。それなのに、私たちふたつのペアの相性は明らかに低い。特に私と沖浦くんは、たったの二%だった。

「なに、これ。私と咲羅沙の相性が二十五%？」

「四月に配られた紙には、私と有海は九十五%って書いてありましたよね？　相性の数値に変化が出たってことですか？」

膝の上に置いていた手が小刻みに震える。

これってどういうこと……？　私と沖浦くんの相性が、九十六%も下がっている。こんなに大きく変化することなんてあるの？

「一学期が終わるタイミングで、先生側で今までのペア課題の評価をするんだけど、そのときにペアの相手が違うことに気づいて……念のためもう一度入学当初のデータで相性を測定し直したの。そしたら入れ替わっていたことがわかって……」

「ちょっと待ってください！　私たちのペアが間違っていたってことですか？　実際は二十五%しかなかったの？」

咲羅沙が声を震わせながら聞くと、三岳先生が頷いた。

「本来のペアは、沖浦一樹くんと近藤有海さん。岡村咲羅沙さんと紺野八枝さんだったのよ。こんなことになってしまって、ごめんなさい」

私とペアなのは咲羅沙で、沖浦くんとペアなのは有海。それを聞いて、しっくりときてしまう自分にショックを受ける。

最初沖浦くんとペアになったときは戸惑った。なにかの間違いじゃないかって思ったほど。だけど、本当に間違いだったなんて……。

隣にいる沖浦くんの表情を見るのが怖くて、私は俯いたまま手を握りしめる。

「もしも四人全員が現状維持を望むのであれば、一年間このペアで通すこともできるわ」

誰も声を上げなかった。

有海や咲羅沙、沖浦くんは、どう思っているんだろう。ペアを変えたい？　それともこのままでいたい？　みんなの考えがわからなくて、なにも言えない。

「問題がなければもとに戻しましょう。相性の低い相手とだと、やりにくいこともあるだろうし」

「ペアの変更をするってことですか」

沖浦くんが初めて口を開いた。私は大袈裟なほど怯えて肩が跳ねる。

沖浦くんはペアの変更を望んでいる？　相性の低い私とペアを組み続けるよりも、

有海とペアになった方がやりやすい？

そう考えるほど、複雑で心の中がぐちゃぐちゃになっていく。

受け入れるしかない。だってペアリング制度は相性のいい人と組むものなんだから。

だけど、このままで本当にいいんだろうか。私たちは、まだ誰も本音を口にしていない。

「ええ。今は戸惑っているだろうから、ひとまず一週間考えてみて。四人の気持ちが固まったら、クラスのみんなにも事情を説明するわ。親御さんにもペアを組み替える了承をもらっています」

先生の言葉が頭に入ってこない。急に間違っていましたなんて言われて、そうだったんだとすんなり受け入れられなかった。

「紺野さん、大丈夫？」

名前を呼ばれて顔を上げる。私は細い声で「はい」と一言だけ答えた。

大丈夫じゃない。だけど、私にはどうすることもできない。

「このようなことになって、君たちには本当に申し訳ない」

立ち上がった校長先生が深々と頭を下げる。それに続いて三岳先生も頭を下げた。

私たちは全員返す言葉もないまま、重苦しい空気が流れる。

校長先生が頭を上げて咳払いをすると、三岳先生はこの件をＳＮＳに書かないことや、先生たちからみんなに説明するまでは周りに黙っていてほしいことなどを話す。

変に広まってしまうことを恐れているみたいだった。

一週間後、私たちは注目の的だ。ペアを組む相手が間違っていたなんて前代未聞。あっというまに学校中に広まるはず。

けれど今の私は、その不安よりも、沖浦くんとペアではなくなってしまうことで頭がいっぱいだった。

一通りの説明を受けてから、私たちは校長室から出た。

冷気に包まれていた身体に、湿度が高くねっとりとした空気が塗り替えられる。

モヤモヤとした感情を抱いているのに、それをどう言葉にしたらいいのかわからない。無言で廊下を歩きながら、階段を下っていく。

これから私のペアは咲羅沙になる。それは嬉しいけれど、素直に喜べなかった。

いつもは明るい有海が今はずっと黙っている。咲羅沙も暗い表情をしたままだ。

私の少し後ろを歩いている沖浦くんに視線を向けると、考え込んでいるように見えた。

なんて声をかけたらいいかわからないほど、きっと四人全員が混乱している。

「じゃあ、俺先行くわ」

沖浦くんはそう言って、足早に去っていった。

残された私たちは重たい空気の中、廊下をゆっくりとした足取りで歩いていく。

「……びっくりしたよねー」

有海がぽつりと呟いた。

「ね。間違えるとかありえなくない？」

咲羅沙も有海もお互いを見ようとはしなかった。それから私たち三人は、ぎこちない会話をしながら教室へ戻った。

期限は一週間。だけどそれは、ペアの変更を決める期限というよりも、ペアを替える心の準備をする期限みたいだった。

三人で一緒にいることが当たり前だったのに、翌日から私たちの間に少し気まずさが生まれ始めた。

「……そろそろジャージに着替える？」

「あー……そうだね」

いつも通りを装いながらも、どこかよそよそしい。

「はぁ……体育祭のリレー全員参加って本当だるい」

今月の終わりに体育祭があるため、今日は一限目から一年生の全体練習が行われる。

「私もできればリレー出たくないな」

胃が痛くなりそうなほど、本気でリレーを避けたい。だけど、全生徒のリレーの参加は絶対らしい。

「大丈夫だって〜。リレーなんてちょっと走れば終わるじゃん。しかも、ふたりは他の競技って特に出ないんでしょ？」

体育祭はひとり一種目参加が条件なので、私と咲羅沙はリレーに出ればそれで済む。だけど有海は、夏休み前のアンケートで複数の競技を希望したようで、騎馬戦や障害物レースにも出る予定だ。

できるだけみんなの足を引っ張らないようにしたいけれど、走るのは特に苦手で、このクラスで一番遅いかもしれない。

憂鬱な気分のまま、更衣室でジャージに着替えてから校庭へ向かった。

十クラスが揃ったため、人がぎっしりと並んでいる。授業開始のチャイムが鳴ると、学年主任の先生が今日の予定を話す。リレーをした後、他の種目に出る生徒たちを集めて、怪我がないように注意事項などの説明をするらしい。

それから体育の先生の指示で軽い準備運動をしていると、他の先生たちが赤のカラーコーンを置いていく。あそこがリレーの待機場のようだ。

「奇数の人は校舎側で、偶数の人は体育館側に行ってください！」

三岳先生が声を張り上げながら、生徒たちに移動を促す。

振り分けられた番号は十二。私は偶数なので、体育館側へ足を進める。

全員が完全に移動するまで、五分以上がかかってしまい体育の先生の怒声が飛ぶ。

ピリついた空気に包まれる中、第一走者の人たちが位置につく。その中には有海の姿もあった。

先生の笛の音が合図で、リレーが始まる。有海の走る速度は目を見張るほどだった。最初は三位だったものの、カーブのところで一気に追い抜かして一位になった。

その瞬間、同じクラスの人たちから歓声が上がる。

やっぱり有海はすごい。バトンを次の人に渡した後も、息を切らしていたものの表情が明るく疲れていなさそうだった。

最初は私たちのクラスが一位だったけれど、その後抜かされて中間の五位まで下がってしまった。

いよいよ私の番が近づいてくる。ひとつ前の人にバトンが渡されて、十二番目に走る人たちが並んだ。バトンを落とさないかなとか、転ばないかなとかいろんな不安が頭の中に流れてくる。失敗したくない。せめて今の順位を守り通したい。

一位、二位のクラスから順にバトンが渡されていく。

「次、青!」

私のクラスのバトンの色を先生が呼ぶ。私は受け取る準備をしながら、手を後ろに伸ばした。バトンが手のひらにのせられて、それをぎゅっと握りながら走り始める。一生懸命地面を蹴るように走っても、前に進んでいないような感覚に陥る。四位との距離は縮まらず、むしろ開いている気がした。

砂利を踏む音が背後からして、びくりと身体が震えそうになった。近くに六位の人がいる。なんとしても死守しなくちゃ。

そう思っても、急に走るのが速くなることは不可能で、ひとり、ふたりと私を追い抜かしていった。それだけでは終わらず、どんどん私の横を人が横切っていく。そして、呆気なく私は最下位になってしまった。

こんな醜態をたくさんの人に見られているのかと思うと、恥ずかしくて消えたくなった。

バトンを次の人になんとか渡して、横にズレる。呼吸困難になりそうなほど息が上がり、喉の奥が焼けるように痛い。あんなに全力で走ったのは久しぶりだ。

バトンが次々と繋がれていき、アンカーは沖浦くんだった。他の人たちは半周だったけれど、アンカーだけは一周する。

彼らが走ると砂埃が舞う。それほど勢いのある走りだった。私の倍以上速く感じられる。

最後だからか、声援がより大きくなる。誰の名前を呼んでいるのか、声が重なってよく聞き取れないけれど、誰もが彼らの走りに夢中になっていた。

最下位だった私たちのクラスは、沖浦くんがゴール手前でふたり抜いてくれた。そのおかげで八位でゴールした。私がいなかったら、もっといい順位につけていたかもしれない。

「沖浦くん、本当速い！　すごすぎ！」

「でもさ、うちらのクラス、一位取るのは無理そうじゃない？　あんなに遅い人いるし」

私の近くにいた同じクラスの女子が、ため息をついた。その横で、「聞こえちゃうって」と苦笑した子が、ちらりと私を見る。

冷たい汗が背中に滲む。

私のことだ。遅くて、ごめんなさい。足を引っ張ってしまって、ごめんなさい。

直接言う勇気すら出なくて、俯きながらひたすら心の中で謝る。

……やっぱり沖浦くんのペアにふさわしいのは、私じゃなくて有海だと痛感する。

「せっかく速い人たちがいても台無し」

クラスの子の言葉が、ガラスの破片のように胸に刺さる。私が足を引っ張っているのは誰が見ても一目瞭然だ。

「ペアなのに天と地じゃん。組める人いなくて、余りものと沖浦くん組まされたんじゃない？」

　どくりと心臓が音を立てる。来週になったら、きっと彼女たちは『やっぱりね』と思うはずだ。

　今はまだ本当のことなんて言えない。実は私たちの相性は二%だと知られたら、今以上に厳しい目を向けられるはず。来週の今頃、私はどうなってしまうのだろう。

「足の速さにこだわりすぎなくてよくない？」

　呆れたような声が聞こえてきて、彼女たちの会話が止まる。この声は、まりなちゃんだ。

「うちらだって別に速いわけじゃないんだし。リレー以外にも種目はあるから、それで勝ち狙お」

　恐る恐る顔を上げると、ほんの一瞬だけまりなちゃんと目が合った気がした。

「……まあ、そうだよね！」

「他ってなんの競技あるんだっけ〜」

　ぎこちなく笑いながら、周囲の子たちがまりなちゃんに話を合わせる。

　……もしかして、助けてくれた？

　たとえまりなちゃんにそんな気がなかったとしても、あの言葉のおかげでこれ以上私の話をされることはなくなった。

冷たくなった指先を握りしめながら、まりなちゃんに感謝をする。後でお礼を言った方がいいかな。でもこの状況で私に声をかけられても、困らせるかもしれない。

「八枝～！」

少し遠くにいた有海が大きく手を振って、こちらにやってくる。

「私、別の競技の練習行ってくるね！　咲羅沙が向こうで八枝のこと探してたよ～」

「咲羅沙のとこ行ってくるね。有海、頑張って」

「任せて！」

一番目に走るほど、足が速い有海のことが羨ましい。私は昔から運動が苦手で、他の人に呆れられることが何度もあった。

足が遅いし、体力もない。跳び箱だって飛べないし、サッカーだってボールを蹴ろうとして砂を蹴ってしまうほど。唯一できるのは、バスケのドリブルと、バレーのトスくらい。

「あ、八枝～！　こっちこっち！　日陰で待機しよ～」

咲羅沙と合流して、木が陰になっている校庭の隅に座った。

昨日ペアの間違いを知ってから、ふたりきりで話すのは初めてだった。気まずさがあるかと思ったけれど、咲羅沙は三人でいるときよりも、今の方がいつも通りに見える。

「疲れた。私あんなに走ったの久々なんだけど。明日もうちらのクラス体育あるとか災難だよね」

Tシャツをつまんでパタパタとさせている咲羅沙の横顔を見やる。私の走りをどう思っているんだろう。……遅いって思われたはず。

「ごめんね」

「え？　なに急に」

「……私、足遅いからみんなに迷惑かけちゃって」

先ほど言われたことを思い返しながら、膝をかかえる。これなら当日は休んだ方がいいレベルかもしれない。五位が最下位の十位になってしまうなんて、クラスの人たちは呆れているに違いない。間違いなく一番のお荷物だ。

「あれは他のクラスの人たちが速かっただけだって」

咲羅沙にフォローしてもらっていることが、申し訳なくなってくる。わかりやすく落ち込んで、面倒をかけたいわけではないのに。

「走るのすごく苦手なんだ。だから、本番でも足を引っ張っちゃうかも」

「あんまり気にしなくて大丈夫だよ。うちらのクラス、結果ビリじゃないし。運動が苦手な人がいるのは当たり前でしょ」

慰めてもらいながら、罪悪感でいっぱいになっていく。

咲羅沙は誰にも抜かされずに順位をキープして走り切っていた。私も咲羅沙みたいに走りたかった。

「あんまり落ち込まないで」

「……うん、ありがとう」

これ以上気を遣わせたくなくて、できるだけ声のトーンを上げて返す。

本番を迎えるのが怖い。リレーが全員参加じゃなかったらよかったのに。

小学生の頃に体育の授業で、跳び箱をしているときに友達に言われたことが遅効性の毒のように痛みとなって広がる。

『こんなこともできないの？』

その子は悪意を込めて言ったのではなく、本当に驚いていた。だからこそ、私の記憶に残っていたのだと思う。

跳び箱は、結局クラスの中で私ひとりだけが跳べなかった。

そうやって普通のことがなかなかできなくて、今まで呆れられたり、憐れまれてきた。

だけどそれでもやっぱり慣れない。言葉が心に突き刺さって消えてくれない。泣きたくないのに、涙が自然とこぼれ落ちそうだった。

こんな自分は嫌なのに。沖浦くんが教えてくれたポジティブ変換でも、自分をいいイメージに変えることはできない。

　三限目が終わった後の休み時間。自動販売機に飲み物を買いに行って席に戻ると、普段なら有海と談笑している咲羅沙の姿が見当たらなかった。

「咲羅沙は？」

　目の前の席の有海に声をかけると、視線を泳がせてから苦笑した。

「わかんない。……たぶん他のクラスの子のところに行ったのかも」

「……なにかあった？」

「昨日出された課題、私終わってなかったんだ。それで、咲羅沙を怒らせちゃったっていうか……余計なこと言っちゃった」

　有海は今日が提出期限の英語の課題を、一問も終わらせていなかったそうだ。わかる問題だけ書いて、あとは空白で提出しようとしたら、咲羅沙が反対したらしい。

「とりあえず埋めた方がいいって言われて、それで咲羅沙は私と違って真面目だよね～って言っちゃったら、相性悪いって言いたいの？って機嫌悪くなっちゃって。でもそれ言っちゃダメじゃない？って私も苛々して……」

「……そんなことがあったんだ」

　相性の件は、誰が聞いているかわからないから有海が注意したのもわかる。だけど、咲羅沙がその一言で怒るのは意外だった。

「たぶんさ、ずっと私に不満があったんだと思う。罰則がない程度に課題は提出してたけど、明らかに咲羅沙とは点数が違うし、よく適当すぎって言われてたしさ。だから不満が爆発しちゃったのかも」

軽い口調で言いながらも、有海は落ち込んでいるように見える。

「このまま気まずいと八枝もやりづらいだろうし、今日はお昼部活の子たちと食べるね」

「え、でも」

「大丈夫大丈夫。すぐもとに戻ると思うからさ！」

昼休みになると、有海が「また後でね」と言って教室から去っていく。

私はお弁当と飲み物を持って、咲羅沙の席に向かう。

「咲羅沙。ご飯食べよう」

声をかけると、咲羅沙は硬い表情のまま頷いた。断られなかったことにほっとしながら、私たちは教室を出る。今日はなるべくひと気のない場所で食べたい。

「あ、こっちで食べない？」

「……うん」

私たち一年生の教室は四階にあり、屋上へ続く階段がある。屋上には出られないいためここまで来る生徒は少なく、階段の辺りは静かだ。

「咲羅沙、今日はなにパン？」

「……コロッケ」

「惣菜《そうざい》系なの珍しいね！」

有海のように明るく返してみても空回りしている気がして、元気づけるような話題も浮かばない。喧嘩の件を聞いた方がいいのか、それともそっとしておくべきなのか。焦れば焦るほど、今自分がなにを話しているのかわからなくなっていく。

「聞いたでしょ、有海に」

「え？」

「私たちが喧嘩したこと」

「あ……うん」

咲羅沙は深いため息をついて、ペットボトルのキャップを捻る。

「どうせ私たちの相性って二十五％じゃん」

お茶を一口飲むと、溜め込んでいた感情を一気に放出するように話し始めた。

「だから、合わなくて当然だし。むしろ今までよく仲よくできたなって。思い返すと合わないところたくさんあったんだよね」

「……でも、咲羅沙」

「有海に口うるさいって思われてただろうな。別に私だって、いちいち注意とかしたいわけじゃないけど。せめて課題くらいは真面目に取り組んでほしかったっていうか。……まあ、こういうのも今週で終わりだけどさ」

咲羅沙と有海は似ていない部分も多い。だけど、それでも咲羅沙が有海のことを好きだってことを知ってる。

咲羅沙はパーセンテージをかなり気にしているみたいだ。実は相性が低いと判明したことによって、少しでも合わない部分があると過敏に反応しているように見えた。

でもそれは、私も同じかもしれない。

リレーのときに周りから言われたことを、引きずっている。足を引っ張るような私では、沖浦くんと釣り合わない。沖浦くんと有海がペアだったら、誰も疑問を抱くことはなかったはず。

今のペアを解消して、本来のペアと組んだ方が私たちにとっていいことなのだろう。咲羅沙となら上手くやっていけるはず。頭ではわかっているけれど、心がついていかない。

ペアを変更することを考えると、気持ちが沈んでいく。

もしかしたら、咲羅沙も私みたいに悩んでいるのかもしれない。

「気まずくさせてごめんね」

「ううん。大丈夫だよ」

「八枝は、一緒にいたい人といればいいからね」

咲羅沙は私の行動を縛らないために、言ってくれている気がした。

だけど、私が一緒にいたいのは、どっちかじゃなくて咲羅沙と有海だよ。

そう言いたいのに、言葉が喉に突っかかって出てこない。それに口にしたら困らせるのはわかっている。

ふたりと一緒にいたいのに、それが叶わないのならどうするべきなんだろう。

そして水曜日になっても、ふたりが一緒にいることはなかった。ペアの課題のときだけ会話をする程度で、一緒に行動はしない。

体育でバスケをやったときも、有海はペアの相手がいる人はペアと組むようにという先生の指示を無視して、別の人と組んで準備運動をしていた。

「八枝のこと巻き込んじゃってごめんね」

体育の授業が終わって教室に戻ると、有海が両手を合わせる。

「咲羅沙とあれからペアのこと以外で話はしてないの？」

「うーん、なんて話せばいいかわからないしさ。まあ、仕方ないかなって。私のことは気にせず、咲羅沙といていいからね！」

これは本心なんだろうか。無理して明るく振る舞っているのではないかと心配になったけれど、先生が来てしまったため、会話が途切れた。

さすがに周りも気づいたらしく、有海と咲羅沙のことを見て「今度はあのペアが喧嘩？」と話している。

その声は本人たちにもおそらく届いている。このままバラバラになってしまうのは嫌なのに、かける言葉が見つからない。

ペアの課題の採点のために沖浦くんのところへプリントを交換しに行くと、唐突に「放課後空いてる？」と聞かれた。

「うん、空いてるけど……」

「じゃあ、あの場所な」

きっとプールサイドに行こうってことだ。もしかしたら、ペア解消についての話をされるのかな。沖浦くんは私たちが本来のペアではなかったことについて、どう思っているのだろう。

そして放課後になると、私たちは前と一緒の方法でプールサイドに侵入した。目撃されたらどうしようとハラハラするけれど、沖浦くんは全く気にしていないようだった。

以前咲いていた向日葵はもう枯れてしまっていて、近くの大きな木には橙《だいだい》色の蕾が見える。季節の移り変わりを感じるけれど、まだ蒸し暑い日々が続いている。

「九月に入ってもまだ暑いよなー。今年の八月は全日真夏日だったんだってさ」

「クーラーないと過ごせないくらいだったよね」

プールの水の中に足を入れると、ひんやりとしていて心地いい。青く透き通ったプールの水をすくってみる。わかりきっていたけれど、水に色はなく透明だった。それを目の前に軽く放ってみた。

「最近、あんまり話してなかったよな」

キラキラとした雫が、雨のように落ちていく。

「……そうだね」

ペアが違っていたことを先生に伝えられてから、私たちは課題以外の話をしなくなっていた。だから、こうしてふたりでゆっくりと話すのは、久しぶりな気がしてしまう。

「色々大丈夫？」

「え？」

「揉めてるっぽいって話聞いたから」

なにについてなのか、聞かなくてもわかった。咲羅沙と有海のことだ。

「どっちとも仲いい紺野は悩んでんじゃないかって思って」

「……うん」

「言いたいことは呑み込まずに、ちゃんと口にした方がいい」

「でもそれって、押しつけにならないかな」

ふたりに仲直りしてほしいことも、ペア解消の件での悩みも、私の気持ちを伝えたら困らせるかもしれない。

「言葉の使い方次第だろ」

喉にそっと触れる。どんな言葉の使い方をしたら、大事な人たちを傷つけたり困らせたりせずに済むのだろう。

「押しつけになるのが怖いってことも、伝えてみたら？　それぞれ違う人間なんだから、全てを察するなんて無理だし。口にしないと、相手に伝わらないままだと思う」

「……そうだよね」

私の想いを伝えることによって、変わることがあるのかもしれない。でも、心の中を曝《さら》け出すことが怖くて、一歩が踏み出せない。

「紺野はいざというとき、自分で声を上げられるだろ」

「え？」

そんなことあっただろうか。考え込む私に、沖浦くんが小さく笑った。

「俺が学校抜け出した日、先生に自分も一緒に罰を受けるって言ってくれたじゃん。

それにカラオケでも紺野が声を上げたから、あの場所から抜け出しただろ」

「……〝言うまでに勇気が必要なだけ〟」

カラオケの帰りに、ベンチで沖浦くんがくれた言葉を口にしてみる。すると、沖浦くんが頷いた。

「紺野は自分の意思で言葉を伝えられる人だと思う」

どうしてこんなにも沖浦くんの言葉は、私の心を照らしてくれるんだろう。

沖浦くんのペアになったとき、最初は戸惑った。けれど、間違いでしたと言われて、すんなりと受け入れてペアを解消するほど、味気ない日々ではなかった。むしろ虹のように綺麗に色づいて、光っている日々だった。

私と違うからこそ、惹かれるものがある。眩しくて、暖かくて、いつのまにか彼の隣が居場所になっていた。

本当はペアを変えたくない。このまま沖浦くんと一緒がいい。

沖浦くんの言う通り、本音を言わなければ伝わらない。でもこれは、私のわがままだ。だから、口には出せない。

ぽつぽつと、私の腕に雫が落ちてくる。見上げると、空は晴れているのに雨が降ってきていた。

「……雨だ」

「夕立っぽいな。でもすぐやむんじゃね。天気いいし」

けれど、控えめに降りだした雨は大粒になっていく。

このままだと結構濡れてしまいそうで、私は立ち上がる。

「沖浦くん、一旦屋根のある方に……」

「紺野、難しく考えすぎんなよ」

「え？」

「できないって諦めることをやめていったら、変わることもたくさんあるだろ」

「……そうかもしれないけど。沖浦くん、濡れちゃうから移動……」

沖浦くんが隣に立つ。濡れることなんて構わないというように、私を見つめている。

「プールに足を入れること、最初は抵抗あっただろ」

プールサイドに侵入することも、水に足を入れることも抵抗があって、沖浦くんがいなかったらできなかった。

「けどしてみたら、どうだった？」

「……楽しかった」

水に足を入れると冷たくて心地よくて、ここでふたりで過ごす時間が特別でかけがえのないものに感じた。

「怖くても、一歩踏み出せば世界が変わる」

「え……、ちょ、沖浦くん!?」

プールの方へ向いた沖浦くんが、右足を前に出す。そしてそのまま、水の中へ落下していった。

ぼしゃんと重量のあるものが落ちた音がして、飛沫が上がる。

「っ、沖浦くん！」

プールのすぐ横に座り込んで、何度も名前を呼ぶ。突然のことに頭が追いつかない。

水の中から頭を出した沖浦くんは「やっぱ制服で入ると重いな」と呑気なことを口にしている。

「な、なんで急にこんなこと……」

「紺野も入ってみたら？　どうせ雨で制服濡れてんだしさ」

「でも……」

雨で濡れているとはいえ、それ以上にずぶ濡れになる。そんなことしたらお母さんに叱られるかもしれない。

「ほら」

水の中から沖浦くんが手を差し出す。

ためらっていたはずなのに、私はゆっくりと指先を伸ばした。今の私がどうしたいのか。答えは考えなくてもわかっていた。私も一歩を踏み出したい。

指先が沖浦くんの大きな手に触れる。そしてぎゅっと掴まれると、そのまま引っ張られた。

前のめりになって、水中に身体が沈んでいく。小さな飛沫と、青い世界。濡れて重くなった制服が肌にまとわりついているけれど、地上よりもずっと自由な気がした。

息が苦しくなって、水中から顔を出すと、すぐ横には沖浦くんの姿がある。私と同じようにびしょ濡れで、だけど清々しい表情をしていた。

「紺野、見て！　虹！」

「……綺麗」

いつのまにか雨はやんでいて、空には淡い虹がかかっている。それを制服を着たままプールの中から眺めているなんて、妙な気分だ。

「ふ……っ、あはは！」

私はこらえきれなくなって、声を上げる。

「沖浦くんってすごいね！　私、自分がこんなことするなんて思わなかった！」

ひとりじゃできなかった。だけど沖浦くんが手を差し伸べてくれたおかげで、私は普段とは違う世界にいる。

青く眩しい世界は、なんだってできる気がした。

「紺野は自分の笑顔が嫌いかもしれないけど、俺は好きだよ」

私は自然と笑っていた。変な顔かもしれないとか考えることなく、臆病だった自分が一歩踏み出せたことに胸がいっぱいだった。

──変なんかじゃない。

──笑った顔、俺は好きだけど。

何度も沖浦くんは、寄り添う言葉をくれる。

自分を好きになるって難しい。だけど、もう自分のことを嫌いになりたくない。

好きだって言ってくれた人に、笑顔を隠したくない。

「だから紺野、笑って」

沖浦くんの手が、私の手を掴む。もう隠さなくていいと言ってくれている気がして、視界が滲んでいく。

「……っ」

「なんで泣くんだよ」

困ったように笑う沖浦くんの手を、ぎゅっと握り返す。

そして、涙を流しながら微笑んだ。

「私を……救ってくれてありがとう」

プールから上がった後、体育で使ったジャージを持って帰る予定だったので、私と沖浦くんはジャージに着替えた。

九月とはいえ蒸し暑い日だったため、生乾きの髪で電車に乗っても変に目立たないで済んだ。けれど、制服は力いっぱい絞ったけれど、スカートがここまで濡れていると雨で濡れたとごまかせなさそうだった。

家に着くと、すぐにお母さんは私がジャージで帰ってきたことに違和感を抱いて、

「制服は？」と聞いた。

「えっと……濡れちゃって」

ジャージを入れていた袋から制服を取り出すと、お母さんは目を剥いて叫んだ。

「なんで制服がこんなに濡れてるの！」

雨で濡れたと嘘をつけるような空気ではない。正直に話すしかなさそうだ。

「実は、その……友達とプールに入って遊んだんだ」

「は？　プール？　制服で入ったの？　なんで！」

頷くと、深いため息をつかれる。なんでと言われても、呆れられそうな理由しか出てこない。

「雨降ってたから、それで濡れたってごまかせるかなぁとか考えたんだけど……」

「そんなの無理に決まってるでしょ！」

私の話を聞いていたお姉ちゃんが、ソファに寝転がってお腹を抱えて笑っている。

「八枝がそんなことするとは思わなかった！　えー、いいな。私もプール入りたい〜」

「なに言ってんの！　制服乾かすの大変なんだからね！」

眉を吊り上げて怒っているお母さんに「ごめんなさい」と謝罪をする。「いいから、すぐにお風呂に入ってきなさい！」と、半ば強引にお風呂場へ連れていかれた。

しばらくは今回のことで叱られそうだけど、湯船に浸かりながらプールでのことを思い出す。怒られたのに、昼間の陰鬱とした気分は消えていた。

『できないって諦めることをやめていったら』

沖浦くんがくれた言葉を反芻《はんすう》しながら、咲羅沙と有海のこと、リレーのこと、そしてペア解消について考えていく。

誰にどう見られるか、嫌われたくないって怯えるよりも、私が自分のことを好きになれるように、やれることはやっていこう。

すぐになにもかもが変わるわけじゃない。だけどやらないよりもずっといいはずだ。

木曜日の昼休み、私は有海と咲羅沙に声をかけて中庭のベンチへ誘った。

三人でいるのに無言が続くのは、これが初めてのことだった。いつもは有海と咲羅沙が話題を振って会話を広げてくれる。私はふたりに寄りかかって甘えてばかりだったのだなと痛感した。

「私……やっぱり三人で一緒にいたい」

勇気を出して自分の意見を口にすると、右側に座っている有海が「ごめん」と呟く。

違う、謝ってほしいわけじゃない。とっさに言葉にしようとして、口を噤む。

ここで間違えてしまったら、状況が悪化するかもしれない。怖い。どうしよう。頭が真っ白になって、昨夜考えた言葉が出てこない。

『紺野はいざというとき、自分で声を上げられるだろ』

沖浦くんの言葉を思い出して、心を落ち着かせるようにゆっくり息を吐く。

まずは上手く言葉にしようとするのをやめよう。焦って回りくどい言い方や、顔色を見て話すのではなくて、私の言葉でふたりに伝えたい。

「もしも合わないって理由で離れるなら、最後にちゃんと話がしたかったんだ」

無理に仲直りをさせたいわけじゃない。それでも三人で過ごした日々を、苦い思い出に塗り替えたくはなかった。

「ふたりの気持ち、聞かせて」

数秒、沈黙が流れる。先に口を開いたのは、咲羅沙だった。

「私、口うるさいし……有海にうんざりされるだろうから、合わないなら離れた方がいいかなって。……ペアだってもうすぐ解消だしさ」

「うんざりなんて言ってないよ！」

有海は前のめりになりながら、慌てて返す。

「てか、言いたいことあるなら言ってほしかった！　咲羅沙がなに考えてるのか全くわからないんだもん。咲羅沙、急にこっちの席に来なくなるし、もう一緒にいたくないんだなーって思ってた」

「一緒にいたくないなんて思ってないし。ただ、課題はちゃんとやってほしかった」

「それは、ごめんだけど！　部活で手いっぱいなときもあるし、もともと勉強もできない方だから……咲羅沙にうんざりされてんだろうなって、私だって思ってた」

「私だってうんざりなんて言ったことないじゃん！」

有海と咲羅沙は、私を間に挟んで言い合いを始めた。課題が適当すぎるとか、露骨に避けるのやめてよとか、不満が次々に出てきている。

「ちょ、ちょっと待って。ふたりとも落ち着いて」

私が止めても、「だって！」とふたりは不服そうにする。

「言いたいことあるなら言えって言うけど！　全部ぶちまけたら関係台無しになるじゃん！　わかるよね、八枝！」

「え？　う、うん……咲羅沙の気持ちはわかるけど……」

「なにその相性いいから通じ合える感！　私は傷つけることも全部言ってって言いたいわけじゃないよ。咲羅沙は顔に出すのに、言わないときあるでしょ。不満があるならやんわりでいいから伝えてって言ってるの」

有海の言っていることもわかる。言いたいことを全てそのまま伝えるのではなくて、傷ついた理由とか、抱えている気持ちをほんの一部でも教えてほしい。そうじゃないと、さらに傷つけてしまいそうで、どう接していいのかわからないんだと思う。

「咲羅沙は、なにに傷ついて距離を置き始めたの？」

咲羅沙の背中に軽く触れる。きっかけは有海から聞いたけれど、それが本当の原因ではないかもしれない。

「……っ、ショックだったの。有海と本当は相性が低いって知って。だからことあるごとに、やっぱりそうなんだって気にしちゃって……本当は有海は別の人といた方が楽しいのかもしれないから……」

「面倒くさい！」

泣きだした咲羅沙に、有海が投げやりに返す。

「そういう言い方はダメだよ。それは有海の本心なの？」

宥《なだ》めるように言うと、有海は唇を結んで俯く。

「有海も咲羅沙のこと避けるようになってたよね。理由は気まずくなった後、咲羅沙が休み時間に来なくなったから？」

「……嫌われたのかと思ったから。私、無神経なこととか気づかないうちにたくさん言ってたんだろうなって」

膝の上で手を握りしめた有海は涙目だった。

「私だって本当は三人でいたいよ」

ふたりの本心が聞けて、私はその場から立ち上がる。それならもう答えはひとつだ。

「相性なんてもうどうでもいいよね」

ふたりの前で、堂々と言い放つ。そんな私を見て、有海と咲羅沙はぽかんとしている。

「本当のパーセンテージを知らなかったときから、私たち仲よくやってきたでしょ。相手のことを知っていったら自分と違う部分なんて、どんな友達でも見つかっていくよ」

だって相性が百%の人なんていない。同じ思考で、好みも苦手なことも全てが一致する人なんて、どこを探してもいない。

「だから違っててもいいんじゃないかなって思うんだ。それに咲羅沙も有海もお互いのことが好きなんだから、これからはそれぞれの違いを受け止めていけばいい……ってごめん、私変なこと言ってる？」

咲羅沙が先ほどよりも泣いていて、ひょっとして私の言葉がなにか傷つけてしまったのだろうか。

「……ごめん。私……有海にも八枝にもこんな迷惑かけて……自分勝手で本当ごめん」

「いや、自分勝手なのは私も……八枝のこと振り回してごめん。咲羅沙の気持ちも聞こうともしなくて、ごめんね」

怒りながら話していたのが嘘のように、今度はお互いに謝り始める。感情をぶつけたからか、ふたりの表情が先ほどよりも緩んで見えた。

「私も今まで通り一緒にいたい」

咲羅沙の言葉に、有海の目頭に溜まった涙がぽろりと落ちる。

「……私も今まで通りでいたい」

有海が咲羅沙に抱きつくと、咲羅沙は苦しそうにしながら有海の背中を叩く。

「ちょ、シャツに私のファンデつくよ！」

「え、うわ！　本当だ、ついてる！　最悪だ！」

「はあ？　最悪ってなに！　有海が抱きついてきたからでしょ！」

「だって〜！　シャツにつくと思わなかったんだもん！」

喧嘩しているけれど、気さくさが戻ってきているふたりを見て、私の口角が上がる。

そっと口元に指先を当てた。

……今ならふたりに打ち明けられるかもしれない。

「てか、こんな顔で教室戻れないんだけど。はぁ……ペア制度あると、サボれないし。

いやでも、今はまだ有海だしいっか」

「いやいや、私皆勤賞狙ってるし！　授業休んだら、取れないから嫌だ！」

「皆勤賞でなにもらえるか知らないの？　デジタル時計だよ」

「ええ、いらな……」

有海がぽろっと本音を漏らすと、咲羅沙が笑った。

話を切り出したいけれど、なにから言うべきなんだろう。私の重い話をしたら、今のこの空気を壊してしまいそうだ。

「八枝、立ってるの疲れない？」

「あ、えっと……」

「どうしたの？」

立ち尽くしたまま口ごもる私を、咲羅沙と有海が不思議そうに見ている。空気を気にして今を逃したら、ふたりに打ち明けられないかもしれない。

絶対に言うべきことではない。だけど、ふたりにはちゃんと話しておきたい。

「私の……笑った顔って、変じゃない？」

言葉にした後、間違えたと思った。もっと他にいい言い方があったはず。だけどもう後悔しても遅い。ふたりの反応が怖くて俯く。

「そんなこと思ったことないけど」

「私も」

顔を上げると、咲羅沙たちは顔を見合わせている。本気でそう思ってくれているのだとわかり、私は力が抜けてその場に座り込んだ。

「え、八枝？」

「なに、どうしたの!?」

自分にとっては大きな問題でも、他人には大した問題ではないこともある。それに傷つくこともあったけれど、逆に救われることもあるんだ。

「具合悪いの？　大丈夫？」

私の両隣にふたりがしゃがむ。

「笑った顔を見られることとか、写真に撮られることが苦手なんだ」

私は中学の頃にからかわれたのがきっかけということや、自分の笑顔に自信が持てなくて今まで手で隠したり、俯いて見えないようにしていたこと、そしてそれを少しずつだけど直していきたいと打ち明ける。

ふたりは私の話を真剣に聞いてくれていた。

「……そういう理由だったんだ。ごめんね、ピースの真似したりして」

有海はその場に体育座りをしながら、声を落とす。

「私の言動で、八枝のこと傷つけてたよね」

「ううん、事情を私も話してなかったから」

自分の傷を打ち明けるのは、手の震えが止まらないほど怖い。だけど、やっと話せたことによって、心が少し軽くなる。

「アカウント消したのも、もしかしてそういう理由？」

「……うん」

「ごめん。前に撮って載せた画像、すぐ消す」

咲羅沙はスマホを手に取って、操作をし始める。その配慮に、目に涙が滲む。

「ちゃんと八枝に聞いてから載せるべきだった。言いづらくて我慢させてたよね」

「私の方こそ、気を遣わせてごめんね。消してくれて、ありがとう」

本音を伝えるって難しい。相手を傷つけたり、嫌な気持ちにさせることもあるから。だけど勇気を出して伝えたら、変わっていくこともたくさんある。

「八枝もこれからはなにかあったら、やんわりでいいから気持ちを教えてね」

有海は、「そろそろお昼ご飯食べよっか」とベンチに座った。咲羅沙も続いて、先ほど座っていた席に着く。

私も立ち上がり、真ん中の席に座る。お弁当の蓋を開けようとした手を止めて、私はふたりにあるお願いをした。

放課後、有海と咲羅沙に付き合ってもらい、私は校庭の隅っこにいた。

今日は有海の部活は休みで、咲羅沙はバイトに行くギリギリの時間までいてくれるそうだ。

体育のジャージはまだ乾いていなかったため、Tシャツとスウェットのズボンを持ってきた。軽く準備運動をしてから、有海に走りの指導をしてもらう。

「八枝、まずは大きく一歩だよ！」

有海が張り切った声を上げる。

「あと、腕はこう！」

私がしたお願いは、リレーで少しでも足を引っ張らないために特訓をしたいので、走り方を見てアドバイスしてほしいというもの。

「とりあえず、そこの木まで走ってみて！」

有海に言われた通りに走ってみる。腕を組んで「うーん」と悩んだ様子で、有海が私の腕を掴んだ。

「腕の振り方に無駄があるかも。あと、やっぱり一歩一歩を大きく踏み出すことを意識した方がよさそう」

「おお、先生っぽいじゃん」

「いや～、私も陸上部とかじゃないから詳しいわけじゃないけど。八枝はフォームを直したら、もう少し速くなるんじゃないかなって」

有海にアドバイスをもらいながら、走るフォームを見てもらった。短い距離だけど、連続で走ると息が上がる。私には周りの人たちよりも圧倒的に体力がない。

咲羅沙がバイトで帰った後も、辺りが薄暗くなるまで私と有海の特訓は続いた。

翌日の金曜日、私は朝早く起きてジョギングをした。付け焼き刃で、体力なんてすぐにつかないかもしれない。だけど諦めるよりも、まずはやってみたい。

昼休みは急いでご飯を食べて、残った時間で有海たちに走り方を見てもらう。

「頑張れ、八枝〜！」

「ちょっと、有海声デカいってば！」

注目されるのは恥ずかしいけれど、周りの目よりも三人で過ごす時間の方が楽しくなっていた。

「あんま無理しない方がいいんじゃねぇの」

五限目が終わった後、沖浦くんが私の机の横にしゃがんだ。

「無理って？」

「走ってるんだろ」

「え、どうして知ってるの？」

沖浦くんには早朝にジョギングしていることを話していないはず。

「いや目立つだろ。近藤の声デカいし。クラスのやつみんな知ってるけど」

くるりと振り返った有海が「そんなデカくないし！」と反論する。

「なんだ、昼休みのこと……」

私の呟きが聞こえたらしく、沖浦くんが眉を寄せた。

「昼休み以外にも走ってんの？」

「……うん、朝ちょっとだけ」

深いため息をつかれて、びくりと肩が震える。どうして呆れられているんだろう。

「あんま無理すんなよ」

呆れじゃなくて、心配をかけてしまっているみたいだ。

「大丈夫だよ。少しでも速く走れるようになりたいから」

「……無理してないならいいけど。今月の花が送られてこないくらい大変なんだなって思ったから。あ、急かしてるわけではないからな」

「忘れてたわけじゃないの。ただ……迷ってて」

今月の花の絵は、部屋に飾ったホワイトダリアにするか、それともジョギングのときに見かける金木犀《きんもくせい》にするか迷っていた。

「今月の花ってなに？」

「内緒」

興味津々な様子の有海に、沖浦くんが素っ気なく返す。

「なになに、なんの話？」

咲羅沙がやってくると、沖浦くんは頭をかいて立ち上がる。

「……また後で」

それだけ言って、沖浦くんは廊下に出ていった。

「よくわかんないんだけど、なにがあったの？」

「八枝と沖浦が仲いいってこと」

にこっと有海に微笑まれる。

沖浦くんはあんまり花のことを話したくないみたいだった。理由はわからないけれど、後でどちらを描くか決めて送ろう。それに私の絵をそこまで楽しみに待ってくれていると思っていなかったから嬉しかった。

ふとあることを思い出す。そういえば、あの場所にも金木犀があった。

私はスマホを取り出して、沖浦くんにメッセージを送る。

【今日の放課後、時間ありますか？】

すぐに沖浦くんから【ある】と返事が届いた。

その日の放課後、私たちはプールサイドに行った。

「また水浴びしたくなった？」

「ううん、違うの」

今日の目的はそれじゃない。

「沖浦くん、こっち来て」

プールサイドの端っこの方まで行くと、深い緑色の葉と橙色の花が咲いている木があった。ほんのりと甘く優しい香りが漂う。まだ時折暑い日があるものの、最近は季節が秋らしくなってきた。

「なんだっけ、これ」

「金木犀。これを今月描こうと思って」

近くに座って、私は鞄からノートとシャーペンを取り出す。

沖浦くんは私のすぐ隣に座ると、じっと私の描く絵を眺めている。

「……そんなに見られると、ちょっと描きにくいかも」

「悪い。すげーなって思って」

金木犀の葉と花の一部をノートに大きめに描いていく。金木犀の花は小ぶりでかわいらしい。細かい花の向きや光の当たり方を観察して描き込み、最後に陰影をつける。

「できた」

私からノートを受け取ると、沖浦くんは食い入るように絵と本物を見比べた。

「紺野みたいに描けるようになりてーな」

「え、でも別に特別上手いわけじゃ……」

「俺にとっては特別上手いから」

くすぐったくなるような言葉をもらって、私はシャーペンを握りしめる。

「俺にないものを、紺野は持ってて憧れる」

金木犀の絵を指先でなぞりながら、沖浦くんが口角を上げる。

「紺野みたいに苦手なことを克服するために、必死になったこともなかったし」

私も今まではなかった。踏み出すことは怖い。結果がついてこない可能性だってある。だけど、走る特訓をしながら有海たちと過ごす日々に楽しさもあるから、今もこうして続けられている。

「だから、かっこいいなって思う」

「……そんなこと、初めて言われた」

私は憧れとか、かっこいいって言葉とは無縁だった。

大した特技もなくて、器用でもない。色々なことを諦めて、私自身が最初から〝どうせできない〟と自分に期待をしていなかったのだ。

「俺は紺野とペアになれてよかった」

それでも沖浦くんがくれる言葉のおかげで、自分のことが少しだけ好きになれそうだった。

教室の中で、私はいてもいなくてもいいような存在だと思っていた。誰にも必要とされていないし、ペアになった沖浦くんは貧乏くじを引いたのかもしれないなんてマイナスなことばかり考えることもあった。

だけどペアになれてよかったという言葉は、私はここにいていいと言ってくれたような気がして、目頭が熱くなる。

「なんでまた泣きそうなんだよ」

沖浦くんと視線が交わる。僅かに不安げに揺れる瞳から、彼が気遣ってくれているのだとわかった。

最初の頃は彼に声をかけられたり、目が合いそうになるたびに怯えていた。けれど、彼に対してそういう感情が消えたのは、沖浦くんがどんな人なのかを知ることができたから。私の心にも変化が生まれたんだ。

「私も、沖浦くんがペアでよかった」

彼がいてくれたから、私は自分の殻を少しずつ破ることができた。

沖浦くんの口角が上がり、歯を見せて笑った。その姿に目を奪われる。

私の言葉に沖浦くんが笑ってくれることが嬉しくてたまらない。

彼とペアになれなかったら、きっとこの笑顔を見ることはできなかった。

頬が熱を持つ。気づかないうちに芽生えていた感情は温かくて、ちょっとだけくすぐったい。

沖浦くんは気持ちを伝える大切さを教えてくれた。けれど、私は大事なことを沖浦くんにまだ伝えられていない。

私ね、沖浦くんとペアのままでいたい。沖浦くんはどう思ってる？

言いたいけれど、言えない。沖浦くんの気持ちを知るのが怖い。それに、これは私たちだけの問題ではない。

ペアを解消することになったら、私たちはこうして話すことはなくなるのかな。

この時間が、もう少しだけ続けばいいのに——。

金木犀の甘い匂いに包まれながら願った。


翌週の月曜日。ペア解消をするか決断する日が来てしまった。

教室で友達と話している沖浦くんの姿が目に留まる。沖浦くんがペアについてどう考えているのか、結局最後まで聞けなかった。

私はできればこのまま沖浦くんのペアでいたい。けれど、相性がいい人と組んだ方が学生生活はスムーズに進むはず。今のペアを続けていたら、なにかあるたびに『やっぱり相性がよくないから』と思うことがあるかもしれない。

だから私たち四人のためにも、きっとこのままペア解消をした方がいいのだろう。

放課後になると、再び私たちは校長室に呼び出された。

「ペアの変更の件、進めて問題ないかしら」

三岳先生の言葉に、私たちはなにも答えられなかった。数秒の無言が続くと、校長先生が軽く咳払いをした。

「問題ないのであれば、明日のホームルームで三岳先生からクラスの生徒たちに事情を説明してください」

「わかりました」

ふたりの間で、話が進んでいく。なにか言いたいのに、喉が痛いほど乾いて言葉が出てこない。

この一週間は、心の準備期間だとわかっていた。それなのに本当にこのままでいいのだろうかと迷いが生まれる。

そして、結局なにも言えないまま、私たちは校長室から出た。

昇降口まで着くと、運動部の掛け声や楽しげな笑い声が聞こえてくる。私たちは誰も言葉を発することなく、重たい空気が流れ続けていた。

すのこの上に立って、開いているガラス張りの扉を見つめる。

目が眩《くら》むほどの青空と深緑の葉。生ぬるい風が緑の匂いを運んでくる。

あの日のことが頭によぎった。熱を出した妹さんが心配で走って帰った沖浦くんの姿を私は見送っていた。

大事なものを守るために走れる沖浦くんのことが羨ましかった。他人の目やルールを気にして、自分の気持ちより周りを優先してきた私にはできない。

そうやって昔から〝私にはできない〟〝無理だ〟と諦めてきたことがいくつもある。

どうせ私は、お姉ちゃんのように社交的にはなれない。入学したばかりのときも、明るく声をかけて失敗したら嫌だなと思って、有海に声をかけられるまで、誰とも話さなかった。

テストは平均点くらいとれればいいや。運動は苦手だからちょっとくらい成績が悪くても仕方ないよね。そんなふうに手を抜いてきた。

笑顔に自信がなくて笑うのが怖いのに、愛想笑いでやり過ごそうとして顔を隠しながら笑っていた。自分の気持ちを押し込めて、周りに同調して、それが楽な生き方だった。

これからも私は、そうやって生きていくんだろうか。

下駄箱から取り出した靴が、指先から落下していく。

「紺野？」

振り返った沖浦くんが、不思議そうに私を見つめていた。

今までみたいに沖浦くんと話をすることはなくなる。私たちのペアは今日で終わりなんだ。

最後になにか言うべきかな。

今までありがとう？　ペアじゃなくなったら、花の絵も送らない方がいいかな。些細な日常の連絡自体、しない方がいいかもしれない。

だけど、どれも言いたくない。

本当に伝えたい気持ちは、これじゃない。

『怖くても、一歩踏み出せば世界が変わる』

沖浦くんがくれた言葉が頭によぎる。

みんなを困らせてしまうかもしれないって思うと怖い。

でも、この本音を押し込めて隠してしまったら、いつか私はこの日を後悔する。

「……嫌……だ」

なにがとか、言葉では上手く言い表せない。ただ、どうしてもこのまま受け入れて帰りたくなかった。

「八枝、どうしたの？」

「っ私……このままじゃ嫌」

自分の気持ちを口にしただけで、涙が出そうになる。

咲羅沙も有海も、沖浦くんも、私が意見を言っても責めたりする人たちじゃない。わかっていても、私の内側に隠れた思いを言葉にするのは勇気がいる。

「……できれば、今のペアでいたい」

心臓が張り裂けそうなほど鼓動が加速していた。脚が震えて、そのまま座り込みたくなる。だけど歯を食いしばり、つま先に力を入れた。

「え？」

一番驚いていたのは沖浦くんだった。もしかしたら沖浦くんは、このままペアを組み替えるのがいいと思っているのかもしれない。だけどひとつの意見として、私の気持ちを伝えておきたい。

「相性が低いとしてもこれまで一緒にこのペアでやってきたから……できれば今のペアでいたい。咲羅沙とペアになるのが嫌とか、そういうことじゃなくて……」

「うん、わかるよ」

咲羅沙が頷いてから、意を決したように有海を見る。

「ペアの相手が違うとか言われて、正直まだ混乱してる。だけど相性が低いとか言われても、私たち一緒に楽しくやってきたから、今さらペア解消なんてしたくない」

「……よかった」

安堵した様子の有海は、ほんのり目元が赤い。

「咲羅沙は合わない私とよりも、八枝とペアを組んだ方がいいのかもって思ってて。だからペア替えたくないなんて言わない方がいいのかなとか考えてたんだ」

先ほどから有海の口数が少なかったのは、そのことを考えていたからだったようだ。

「そんなことないよ。私も有海がいいなら、ペアのままでいたい」

有海も咲羅沙も、現状維持に賛成のようだった。残るは沖浦くんだ。

「俺は……」

目を伏せていた沖浦くんが、視線を上げる。

「ペアを替えた方がいいのかもしれないって考えた」

沖浦くんの口から出てきた言葉に、ずきりと胸が痛む。だけどそれもひとつの意見だ。受け入れるべきなのに、目が潤みそうになる。

「相性がよくない俺と紺野がペアを組まされるのは、かわいそうだと思ったから」

「え……」

「でも紺野が俺とペアのままでいいって言ってくれるなら、俺もこのままでいたい」

緊張の糸が切れて力が抜けていく。身体が後ろに傾いた私の腕を、沖浦くんが掴んだ。

「平気か？」

「う、うん。ありがとう」

危なかった。沖浦くんが掴んでくれていなかったら、下駄箱に頭をぶつけていた。

「じゃあ、今から先生に話しに行く？」

咲羅沙の言葉に、私たちは頷く。このままだと明日変更することになるので、今しかない。

「そうだね。伝えに行こう」

それぞれが靴を下駄箱にしまってから、私たちは来た道を戻り始める。

さっき了承したのに、『やっぱりペアを変更したくない』という私たちの意見を先生たちが受け入れてくれるのか。

職員室までの短い時間を四人で悩みながら、どう話すかを考えていく。

「あら？　帰ったんじゃなかったの？」

ちょうど職員室のドアが開いて、三岳先生が廊下に出てきた。

私たちが四人揃ってドアの近くにいたことに驚いているようだった。

「あ、あの……っ！」

私は声を震わせながら、一歩前に出る。

「ペアを今のまま継続したいです！　お願いします！」

勢いよく頭を下げる。残る三人も「お願いします」と言ったのが聞こえてきた。

「ええっと……気が変わったってこと？」

三岳先生の困惑している声がして、私は顔を上げる。

「はい。このままでいたいです」

「本当にそれでいいのね？　相性があまりよくないと、この先ペアとしてやっていくとき大変なこともあるはずよ」

私は先生の目を真っ直ぐに見つめながら頷いた。

「それでも今のままでいたいんです」

「私も！」

有海や咲羅沙、沖浦くんもこのままでいたいと口にすると、眉を下げて少し申し訳なさそうにしながら、三岳先生は微笑む。

「そう……みんながそう決めたならいいと思うわ」

「え？　いいんですか？」

すんなりと承諾してくれるとは思っていなかった。私たちは先生に、相性がよくないんだからと説得される覚悟でいたのだ。

「先週、四人全員が現状維持を望むのであれば、一年間このペアで通すこともできるって言ったでしょう。手違いがあったのは私たちが原因だから、あなたたちの意見を尊重したいと思っていたのよ」

先生たちとしては、相性がいい生徒同士で組み直した方がいいと思っていたようだけれど、あくまで私たちの意見が大事だということだ。

「それなら……このままでいいってこと？　よかった～！」

有海が脱力して壁に寄りかかる。普段は有海に『だらしないよ』と注意する咲羅沙も今日ばかりはどっと疲れがきたのか、同じように壁に寄りかかる。

斜め後ろにいる沖浦くんを見やると、ほっとした様子で深く息を吐いていた。

私も安堵して、握りしめていた指先から力が抜けていく。

よかった。このまま私たちのペアは、一年生が終わるまで替わらずにいられる。

「少しこれからのことを話しましょうか」

それから私たちは再び校長室で、校長先生と三岳先生と改めて今後のことを話し合った。

ペアに手違いがあったことは教師たちの間で共有するけれど、生徒たちに話すかどうかは私たちが決めていいということになった。迂闊にみんなに話せば、私たちはペアじゃない相手とそのまま組んでいるとみなされる。

咲羅沙と有海は偶然にも友達同士のペアで、沖浦くんとペアになりたい人も多いはず。そんな私たちを〝ずるい〟と思う人も出てくる可能性がある。そのため、今回の件は先生と私たちだけに留めることになった。

そして保護者には、先生たちからこの後電話で話しておいてくれるそうだ。

その日の帰り、濃い放課後だったのでお腹が空いた私たちは、駅の近くのファーストフード店に入った。

二階の窓際のソファ席にみんなで座る。沖浦くんも入れた四人で寄り道するのは、今日が初めてだ。

「えー、沖浦それだけしか食べないの？」

有海が信じられないとばかりに目を見開く。

「意外と少食なんだ」

沖浦くんはベーコンとレタスやトマトなどが挟まったハンバーガーと、ポテトの普通サイズと炭酸のセットを頼んだようだった。

一方、有海はチーズのハンバーガーと照り焼きのハンバーガー、ポテトの一番大きなサイズと、野菜ジュースを頼んでいる。

「俺の方が驚きなんだけど。それ本当に全部食えんの？　どこに入んだよ」

「ここです。私の胃」

ぽんっとお腹のあたりを有海が叩く。私と咲羅沙はいつもおにぎりやパンを三つや四つ食べているのを見慣れているため、特に驚きはしなかった。

「隣と明らかに量が違うだろ」

「炭酸でお腹がいっぱいになるんだよね、咲羅沙。不思議だよね～」

咲羅沙は炭酸系のジュースだけ頼んでいて、食べ物は注文していない。その日によって量は違うけれど、基本的に少食だ。

「てか、お昼食べたのにそんなにお腹に入らないでしょ」

「だって、ペア解消のこと考えてて、全然食欲が湧かなかったんだもん」

「でも、おにぎりふたつ食べてなかった？」

咲羅沙と私は顔を見合わせて苦笑する。有海は、おにぎりふたつでは足りないらしい。

「八枝は、デザート系だね」

私は甘いものが食べたかったので、アップルパイとカフェラテを頼んだ。

「てかさ、みんな頼むものがそれぞれ違うよね。相性よくても好みとか似てないし」

咲羅沙がそれぞれの頼んだものを眺めながら、ジュースを飲む。

「だよね～。私と沖浦なんて食べる量も違う」

「食べる量まで相性は関係しないだろ」

「そういうもんなのかなー」

私と咲羅沙もそうだ。学校でいつも飲んでいるものも違うし、お菓子の好みだって違う。

「相性にこだわりすぎているのかも」

そう呟いてから、カフェラテのストローをくるくると回す。

協調性を育むためのペアリング制度。だけど協調性ばかりを気にして、ペアの相手に合わせることに囚われると、自分らしさが消えてしまうかもしれない。

会話が止まり、私に視線が集まっていることに気づいた。

「ご、ごめん。変なこと言った？」

高校に入ったらペアリング制度が始まるというのは、今では常識になっているのに、それに対して否定的なことを言ってしまったかもしれない。

「ううん。確かにそうだなって思って」

咲羅沙と有海が顔を見合わせて笑った。

「学校が決めたペアで揉め事が起こったり、中学のときじゃ考えられなかったよね～」

ハンバーガーをひとつ食べ終えた有海が、包みをくしゃくしゃに丸める。

「誰かに決められた相手と行動するって、修学旅行とかくらいだったなぁ」

私も中学の頃はそうだった。気が合う人同士で集まって一緒にいて、学校側から決められた人となにかをすることなんてほとんどない。

「でもまあ、私と有海はペアが決まる前から友達だったけど、沖浦と八枝みたいに仲よくなるきっかけができるのっていいよね」

「そうだな」

沖浦くんが即答したことに、私は目を瞬かせる。

ペアを通して、沖浦くんと仲よくなれたって思ってもいいのかな。口元が緩みそうになって、アップルパイを食べた。親しい友人の前でもまだ笑った顔を見られることへの抵抗感は消えない。

だけど前ほど焦って隠さなくなってきているように感じる。ちょっとずつだけれど、私自身に変化が出てきたように思えた。

食べ終わって外に出ると、まだ明るい。九月だけど、気温が高い日が続いていて、アルファルトからは熱気が感じられる。

有海とはバス停で別れ、咲羅沙はバイトがあるからと急いで帰っていく。

駅の方へ向かおうとすると、沖浦くんに「少し話せる？」と引き留められた。

この辺りで話せそうなのは、カラオケの帰りにふたりで話したベンチ。そんな前のことではないのに、懐かしさを感じる。

褪せた木製の座板に、私たちは隣同士に座った。

「あのさ」

強張った表情をしている沖浦くんが、私の顔色をうかがうように見つめてくる。

「本当に俺とペアのままでよかったのか？」

「え？」

「いや……俺、結構紺野に迷惑かけただろ。一緒に罰を受けさせたこともあるし」

沖浦くんがここまで気にしてくれているなんて知らなかった。もっと早く私の気持ちを話しておけばよかった。

「私ね、相性が低いって言われて、内心納得はしちゃったんだ。私たちって、考え方とかも全然違うから」

「……うん」

「だけど少しずつ関わって、沖浦くんのことを知って、どんな考えなのかを聞かせてくれて、いつのまにか一緒にいる時間が楽しくなっていたんだ」

私たちは二％しか合わない。それを四月に知っていたら、やっぱりと納得して、合わないのだから仕方ないと距離をとっていたと思う。けれどたった二％の相性だとしても、わかり合える部分があればいいと今なら思える。

それに私と沖浦くんは性格も考え方も違うからこそ、学びや発見がある。

「私たち、ほとんどのことを知らない状態で二％の相性だったってことでしょ。それなら、お互いの性格や考えとかを知っていったら、相性が低くても上手くやれることもあるんじゃないかなって」

「相手への理解で、足りない相性を補ってくってこと？」

「……完璧に他人を理解しなきゃいけないってわけじゃないと思うんだ」

私は慎重に言葉を選ぶ。自分でもこの考えが正しいのか自信はない。だけど、沖浦くんには伝えておきたい。

「たとえ相性が二％でも、五十％くらい相手のことを知ることができていたら、良好な関係は築けるんじゃないかなって」

百％相手を知ることはできないと思う。環境や関わる相手によって、人は常に変化するし、それに頭の中を覗き見ることは不可能だから。

「五十％か……」

「低いかな？」

「んー、でもそんなもんかもな。仲よくてもどこまで知ってんのかって言われると、案外一部しか知らなかったりもするしさ」

咲羅沙や有海のことも、私はまだ一部しか知らないのだと思う。

高校に入って約半年なので、付き合いが長いわけではない。だけど相手の性格や、なにが好きでなにが苦手なのかを知っていたら、相手のことを思いやる行動ができる。

「じゃあ、今の俺らは何％くらいだろうな」

考えるように日が傾いた空を見上げる。

最初は名前と、入学当初の自己紹介で話していた中学の頃に水泳部だったということしか知らなかった。そして周りの人と話しているのを遠目に眺めて、こういう性格の人なんだなという情報を繋ぎ合わせる。

たぶんそれこそ二%くらいしか、お互いに知らなかったはず。

ペアになって、お互いの考えに触れて対話をするようになって、抱えている悩みや過去をほんの少しだけど打ち明けた。

春から秋にかけて、私たちは日々数%ずつ歩み寄ってきたように感じる。

「三十%くらいかな？」

私の答えに沖浦くんが笑う。

この三十%は、私と沖浦くんが積み重ねてできたもの。

そのパーセンテージを低いと思うのか、高いと思うのかは、それぞれの考え方次第なのだと思う。

最終章　?%

その後、ペアを継続していくと先生から事情を説明された両親に「本当にそれでいいの？」と聞かれたけれど、私たちが選んだことだと話した。

お母さんは納得できないようで、学校に抗議しようかと言っていたけれど、お父さんが宥めてくれた。最終的には私が本気で抗議を望んでいないと察してくれて、大事にはならずに済んだのだった。

そうして私たち四人の間に起こったペアの事件は、生徒たちに広まることなく、平穏な日々が続いている。

変わったことといえば、秘密を共有し合っている不思議な結束力みたいなものが生まれて、より一層有海と咲羅沙とは色々と話すようになった。

「部活でもペアがいる人は組んで練習した方がいいんじゃないかとか、顧問が言い出して、それで険悪になっちゃってさ〜」

「え、どうして険悪になるの？」

「ペアの子たちが特に上手いんだよね〜。練習試合でもそのペアは一緒のグループにされるから、あそこのグループと当たると負けるから嫌だって文句出てきてるんだ」

「うわー、それ面倒だね。てか部活にまでペアのこと持ち出さなくていいじゃんね」

有海の部活での悩みや、咲羅沙の彼氏の悩みなど、少しずつだけれどお互いの悩みについての話題が増えていた。

それに私が自分の笑顔が苦手だという話をしてから、ふたりは写真を撮るときに聞いてくれたり、写らない配慮をしてくれる。気を遣わせてしまう申し訳なさもあるけれど、心は前よりも軽くなって本音で話しやすくなった。

そして迎えた体育祭当日。私は女子トイレの鏡の前で、髪を後ろでひとつに結う。近くに誰もいないのを確認してから、ニッと笑ってみた。やっぱりいい笑顔だとは思えない。けれど、それでもいいのかもしれない。

『自分のために笑ったら』

沖浦くんの言う通り、誰かのために笑顔を作るんじゃなくて、私は自分のために笑っていられる人になりたい。すぐには無理でも、少しずつそういう人になっていきたい。

開会式が終わると、一気に校庭が騒がしくなる。生徒たちが座る場所には学校が用意した大きなブルーシートが敷かれていて、この辺りには、同じクラスの青い鉢巻きを腕に巻いている人が多い。

「結構うちのクラス、順位高そうじゃない？」

咲羅沙が得点のアナウンスを聞きながら、スマホにメモを取っていく。

「今三位だから、このままいけばジュースもらえるかも！」

「えー、私は一位がいい！　一位の得点、ジュースとお菓子の詰め合わせと食堂の無料券だよ！　もっと豪華じゃん！」

「騎馬戦に参加する生徒は南入場口に待機してください」とアナウンスが流れる。有海の出番だ。練習で何度か見たけれど、騎馬戦は運動神経がいい人が集められていて、どのクラスも気合が入っている。

有海は腕に巻いていた鉢巻きを騎馬戦のために頭に巻く。

「よし！　行ってくる！」

「頑張ってね！」

二人三脚が終わると、少しして騎馬戦の入場音楽が流れた。クラスごとに分かれて、騎馬を作り始める。開始のピストルが鳴ると、騎馬が動き出した。

練習は何度か見てきたけれど、有海は素早く身体を動かして、相手がバランスを崩すのを狙うのが上手だ。その隙に鉢巻きを奪い取る。

「え、有海めちゃくちゃ上手くない？　いけー！　有海〜！」

咲羅沙が興奮気味にペットボトルをメガホンのようにしながら叩く。

ほとんどのクラスが脱落していく中、ラストは赤い鉢巻きのチームと一騎討ち。

クラスの人たちも声援を送る。けれどお互いになかなか決着がつかず、最終的には先生が笛を鳴らした。

「これ絶対一位じゃん！」

「有海すごい！」

数分後、順位が発表される。みんなの予想通り、倒れなかったポイントと、奪った鉢巻きの数によって、私たちのクラスが騎馬戦では一位を獲った。

先ほど障害物競走でも大活躍して一位を獲っていたので、二連続で有海の一位だ。

私と咲羅沙は声を合わせて、有海を呼ぶ。

「有海、おめでとー！」

私たちの声に気づいた有海が満足げにピースサインをした。

「体育祭とかあんまり興味なかったけど、案外楽しいかも」

確かに咲羅沙は、先ほどから応援に熱が入っている。私も最初は声を出すのに緊張したけれど、周りの空気に呑まれてだんだんと抵抗がなくなってきていた。

「私も楽しい。リレーは緊張するけど」

「大丈夫だって！　たくさん練習してきたじゃん」

背中を軽く咲羅沙に叩かれて、丸まりかけた背筋を伸ばす。

「そうだよね。今日は思いっきり楽しむ」

急に足がものすごく速くなったわけでも、体力がついたわけでもない。だけど、前よりはフォームもよくなって、走りやすくなった。

それに有海や沖浦くん、クラスの足の速い人たちが提案して、走る順番を変更してくれた。私の次には走るのが速い人が入ってくれて、私が抜かされてもその後距離を縮められるようにと考えてくれたのだ。

走るのが苦手でも苦手なりの戦い方があって、どうせ無理だからと投げ出すくらいなら、もっと気持ちを軽くして楽しむくらいの気持ちで挑みたい。

午前の部の最後は、一年生のリレー。いよいよ出番が来て、入場口に並ぶ。

三週間くらいだったけれど、この日のために必死に特訓してきた。それが今日で終わるんだなと思うと、寂しいようなほっとするような、なんとも言えない複雑な気持ちになる。

「大丈夫？」

私の隣に来た沖浦くんが顔を覗き込んでくる。

「……ちょっと緊張はするけど平気」

「紺野ならいけるよ」

「うん！」

沖浦くんの言葉をお守りみたいに心に刻む。深呼吸をすると、音楽が流れ始める。入場の合図だ。入場が始まると、私は小走りで前の人に続いていく。

練習した通り、奇数と偶数で場所が分かれて、私は十番目に走ることになったので、偶数の位置に立つ。

第一走者は練習のときから変わらず、有海だ。全員が位置について、先生の掛け声と共にピストルが鳴る。第一走者のスタートダッシュによって砂埃が舞った。

有海が歯を食いしばりながら全速力で走っている。順位は二位だ。

カーブのところで一位の人を追い抜くと、そのままバトンを前に出して二番目の人に手渡す。二番目で順位が三位まで落ちたものの、その後は三位をキープし続けている。

今は七番目の人にバトンが渡った。もうすぐ私の番だ。心臓が張り裂けるんじゃないかと思うほどドキドキしている。

失敗したらどうしよう。また前みたいに全員に抜かされてしまうかもしれない。怖くて指先が震えてくる。どうにかして落ち着かないと。バトンを受け取っても落としてしまいそうだ。

「次、十番の人！　準備して！」

行かなくちゃ。けれど思うように足が動かなくて、立ち上がれない。

「紺野さん」

背後から私の肩を軽く叩かれた。振り返ると、そこにはまりなちゃんがいて、心配そうに私を見ている。

「十番でしょ？　呼ばれてるよ」

「っ、うん」

「頑張れ」

まりなちゃんに笑いかけられて、目を見開く。周りの同じクラスの子たちも、同じように声援を送ってくれる。

「ありがとう」

体育祭という空気だからか、少し前まで私の足の遅さに呆れていた子たちも今では見守って、応援してくれていた。

立ち上がって、十番の人たちが並ぶ位置につく。

「青！」

先生に呼ばれて、私はレーンの中に入った。手を後ろに伸ばし、ゆっくりとリードしていく。バトンを受け取ると、私は大きく足を踏み出した。

有海に教わったことを頭の中で繰り返しながら、腕の振り方や一歩一歩の大きさを意識して走る。

前に走った人たちのおかげで、三位と四位には差がある。できれば三位のまま、次の人に渡したい。だけど後ろから近づいてくる足音が聞こえてきた。

お願い、あともう少しだけ。膝から下が鉛のように重たく感じる。だけど必死に腕を振りながら、見えてきた十一番目の走者にバトンを伸ばす。

あと少し、もう数センチで届く。私がバトンを渡した直後に、四位の人がバトンを渡す。あと一秒でも遅かったら、抜かされていた。

走り終えて、邪魔にならない位置で呆然と立ち尽くす。

私、やりきったんだ。決して速いとは言えないし、これまで引き離してくれていた四位の人との差もほぼ縮まってしまった。だけど一歩ずつ大きく踏み出すことを意識したり、走るフォームなどを教えてもらっていなかったら、抜かされていたかもしれない。

「八枝～！」

有海が勢いよく私のところまで来て、抱きついてくる。

「ナイスだったよ！」

「ありがとう。有海が色々教えてくれたおかげだよ」

私も有海に抱きついて、お互いに喜びを分かち合う。

「うちのクラス、このままならいい線いくかも！」

あれからずっと三位をキープしていて、一位から四位までの差はあまりない。それぞれのクラスが練習の後に走者の順番を変更したようだった。それによって、順位も以前とは結構変わっている。

「いけー！」と声を張り上げた。

「咲羅沙ぁ！　いっけぇ！」

有海がよく通る声で、咲羅沙に声援を送る。私も有海に便乗して、「いけー！」と声を張り上げた。

咲羅沙も順位をキープしたまま走り終えて、いよいよ終盤を迎えようとしている。

足の速い人たちを最後に持ってきているクラスもあるようで、後ろの方にいた三クラスが一気に追い上げて、一位から七位までの距離が縮まった。

「うわ、激戦じゃん！」

咲羅沙も私たちのもとにやってきて、一緒に観戦する。ここまで距離が縮まると、どのクラスが優勝するかわからなくなってきた。

「これはアンカー次第だね～」

もうすぐバトンはアンカーの人に渡される。私たちのクラスは沖浦くんだ。

一位、二位、三位とほぼ同時にバトンが渡る。そしてほんの少し遅れて、四位から七位の人たちもバトンを渡した。

沖浦くんは三位のまま、最初のカーブに差しかかる。アンカーの人たちは一周走るので、まだ勝負は見えない。

カーブの終盤で、一位から四位が並ぶ。腕がぶつかったのか、沖浦くんが少し外側に弾かれて四位になった。

「なに今のー！　アリなの!?　ぶつかってんじゃん！」

「わざとじゃないなら、たぶん見逃されちゃうんじゃない？」

四位になったものの、まだ前を走る三人との距離は開いていない。

沖浦くんが悔しそうに俯きかけた気がして、私は居ても立ってもいられなくなり、息を吸い込んで思いっきりお腹から声を出す。

「っ、沖浦くん！　頑張って！」

こんなに大きな声を出したのは、いつぶりだろう。間違いなく高校では初めてだ。

有海たちは一瞬驚いたように私を見たけれど、すぐに一緒に声を出して沖浦くんを応援する。

周囲にいた同じクラスの人たちも沖浦くんの名前を呼び始めた。

届いているのかはわからない。だけど、沖浦くんは顔を上げて前を向いて走っている。

最後のカーブに差しかかったタイミングで、沖浦くんが前のふたりを抜いていく。

そして最後は一位と二位が並ぶように直線コースを走り始める。

ラストスパートに入ったことによって、声援のボリュームが上がった。一位争いをしているすぐ後ろまで、三位と四位の走者も迫ってくる。

白いゴールテープに吸い寄せられるように、一気に四人の男子たちが雪崩れ込んだ。

そして続いて、五位、六位と順番にゴールしていく。全体的に僅差で大きく差が開いたクラスはなかった。

「え、どこが一位？」

「ゴールテープ切ったの誰？」

ほぼ同時だったため、私たちの場所からはよく見えなかった。

先生が青のバトンを掲げる。

その瞬間、有海や咲羅沙たちが「きゃあああ」と悲鳴のような声を上げた。

ほんの少しの差だったけれど、私たちのクラスが一位に決まった。

音楽が鳴って、一年生は退場の看板がある方へと捌《は》けていく。そしてお昼休憩のアナウンスが流れた。

「おつかれ」

振り返ると汗だくの沖浦くんがいて、私は「おつかれさま！」と気持ちが昂《たかぶ》ったまま返す。

「本当にすごかった！」

「抜かされて、もうダメかもなーって思ったとき、紺野の声が聞こえた気がした」

「たぶん気のせいだけど」と言って苦笑する沖浦くんに、私は首を横に振る。

「沖浦くんの名前呼んで、頑張れって応援したよ」

「……あれ、空耳じゃなかったんだ」

私の声が届いていたことが嬉しくて、笑みが浮かぶ。口元を隠しそうになる手を胸の前でぎゅっと握った。

すると、沖浦くんが目を大きく見開く。

「え……どうしたの？」

「いや、すげぇいい表情してんなって思って」

「う、嘘。変じゃなかった？」

両手を顔に当てる。いつもよりも自然に笑えたけれど、鏡で見ることができないので、自分がどんな笑みだったのかがわからない。

「言ったじゃん。紺野の笑顔好きだって」

「それは……私を元気づけるためも入ってるでしょ……」

「俺はいつも本心で言ってんだけど」

からかわれた苦くて黒い記憶が、沖浦くんの言葉によって鮮やかな色に上書きされていく。頬がじんわりと熱くなって、涙が出そうになった。

心の傷が綺麗に消えるわけではないけれど、それでも瘡蓋《かさぶた》になって、少しずつ塞がっていく気がする。

家に帰ったら、自画像をもう一度描いてみよう。今なら、あのときよりも上手く自分のことを描ける気がする。

私、これから自分のことを少しずつでいいから好きになっていきたい。そう思えるようになったのは、彼のおかげ。

——だから紺野、笑って。

「ありがとう、沖浦くん」

ニッと歯を見せて、顔の横でピースをする。

そんな私を見て、沖浦くんも顔をくしゃっとさせて笑った。

完

あとがき

「さよなら、２％の私たち」をお手に取ってくださり、ありがとうございます。

今回は高校生たちのペアリング制度という設定と、笑うことが苦手な女の子の物語を執筆しました。

華やかで素敵な装画は、優子鈴さんに描いていただきました。ありがとうございます！

もしも実際にペアリング制度があるとしたら、どんな感じだろうと考えながら書く時間は充実していて、楽しかったです。

そして、作中でいくつか花を書いたのですが、実際に私も花を購入して部屋に飾ってみました。花がある生活っていいですね。部屋の中がお洒落になった気がします。

私は、特にモカラがお気に入りでした。

この物語の主人公は八枝でしたが、それぞれ抱えている問題を思い浮かべながら書いていました。

たとえば、明るい有海には空気が読めないと周りに言われてしまう悩みがあったり、大人びている咲羅沙には人に素直に甘えられないという悩み。意地悪をしてしまったまりなにも、周りに都合よく扱われてしまう苦しさがありました。

そして、いつも八枝を支えてくれていた沖浦にも、抱えているものがあります。

沖浦の物語に関しては、彼の視点で書いた短編を小説投稿サイト「スターツ出版文庫byノベマ!」にて、公開中です。

こちらは書籍ご購入の方限定となりますので、パスワード付き公開です。

内容は沖浦が早退した裏側や抱えている問題、そして本編終了後の八枝との話です。

タイトルは『30%の、その先に』です。パスワードは『１０３０』となります。最後はほんのりと甘めですので、ふたりのその後が気になる方に楽しんでいただけると嬉しいです。


最後まで物語のページを捲ってくださり、ありがとうございました。

そしてこの作品に携わってくださった皆様、たくさん支えてくださり、ありがとうございました。

また別の物語で、お会いできますように。

丸井とまと

この物語はフィクションです。実在の人物、団体等とは一切関係がありません。

丸井とまと先生へのファンレターのあて先
〒104-0031　東京都中央区京橋1-3-1　八重洲口大栄ビル7F
スターツ出版（株）書籍編集部 気付
丸井とまと先生

さよなら、２％の私たち

2023年12月28日　初版第１刷発行

著　者　丸井とまと　©Tomato Marui 2023

発 行 人　菊地修一
デザイン　フォーマット　西村弘美
　　　　　カバー　長崎綾（next door design）
発 行 所　スターツ出版株式会社
〒104-0031
東京都中央区京橋1-3-1　八重洲口大栄ビル7F
出版マーケティンググループ　TEL 03-6202-0386
（ご注文等に関するお問い合わせ）
URL　https://starts-pub.jp/
印 刷 所　大日本印刷株式会社

Printed in Japan

ISBN　978-4-8137-1517-7　C 0193